Rudolf Haym

Arthur Schopenhauer

Rudolf Haym

Arthur Schopenhauer

ISBN/EAN: 9783743383128

Hergestellt in Europa, USA, Kanada, Australien, Japan

Cover: Foto ©Raphael Reischuk / pixelio.de

Manufactured and distributed by brebook publishing software (www.brebook.com)

Rudolf Haym

Arthur Schopenhauer

Arthur Schopenhauer.

Von

R. Haym.

Besonders abgedruckt aus dem vierzehnten Bande der Preußischen Jahrbücher.

Berlin.
Druck und Verlag von Georg Reimer.
1864.

Arthur Schopenhauer aus persönlichem Umgange dargestellt. Ein Blick auf sein Leben, seinen Charakter und seine Lehre, von Wilhelm Gwinner. Leipzig, 1862. F. A. Brockhaus.
Arthur Schopenhauer. Von ihm. Ueber ihn. Ein Wort der Vertheidigung von Ernst Otto Lindner, und Memorabilien, Briefe und Nachlaßstücke von Julius Frauenstädt. Berlin, 1863. A. W. Hayn.
Schopenhauer und seine Freunde. Zur Beleuchtung der Frauenstädt-Lindner'schen Vertheidigung Schopenhauer's ɔc. von W. Gwinner. Leipzig, 1864. Brockhaus.

1.

Nicht leicht hat über einem Schriftsteller ein unseligeres und scheinbar launischeres Schicksal gewaltet als über dem wunderlichen Mann, mit dem wir uns im Folgenden zu beschäftigen vorhaben. So gut wie völlig unbeachtet ging das geistvolle Werk — „Die Welt als Wille und Vorstellung" —, in welchem Arthur Schopenhauer frühzeitig seine Weltanschauung niederlegte, bei seinem ersten Erscheinen, 1819, an dem Publicum vorüber. Weder Herbart's eingehende Recension, noch Jean Paul's preisende Stimme hatten die Blätter, mit denen der Verfasser den Zeitgenossen ein kostbarstes Geschenk zu machen glaubte, davor schützen können, daß sie von dem Verleger zum größten Theil in Maculatur verwandelt wurden. Es half nichts, ja, nur eine Absonderlichkeit mochte es Vielen scheinen, wenn der belesene Rosenkranz im Jahre 1839 in seiner Geschichte der Kant'schen Philosophie Schopenhauer als den Eremiten dieser Philosophie bezeichnete und ihm einen ehrenvollen Platz neben Fichte und Herbart anwies. Auch zwei um dieselbe Zeit von dem Verfasser der „Welt als Wille und Vorstellung" veröffentlichte Erläuterungsschriften waren nicht im Stande die Gedanken des Buches flott zu machen, und selbst eine zweite, um das Doppelte erweiterte Auflage desselben vom Jahre 1844 warb für's Erste vergeblich um Beachtung in weiteren Kreisen.

Da plötzlich — mehr als ein Menschenalter nach dem ersten Erscheinen des Werkes — erfolgte der Umschwung. Dank vor Allem den Bemühungen Frauenstädt's, wurde um das Jahr 1848 die Philosophie Schopenhauer's gleichsam von Neuem entdeckt und die entdeckte alsbald enthusiastisch gepriesen. Gerade nur an dieser Lehre schien nun auf einmal eine Zeit, die übrigens gegen alle Speculation möglichst verstimmt war, Geschmack finden zu können, ja, gerade sie erst führte der von den Gelehrten mit dem Rücken angesehenen Wissenschaft eine Ersatzmannschaft aus ganz anderen, aus den weltmännischen Kreisen der Gesellschaft zu. Die Einen fanden sich angezogen durch die menschliche Sprache, welche diese neue Philosophie redete, durch die ungezwungene, vornehm-populäre Haltung, mit der sie aller Schul- und Professorenphilosophie ausdrücklich gegenübertrat; Andere bestach der poetisch-mystische Schimmer, der über einigen Partien dieser Weltanschauung ausgegossen lag; wieder Andere verliebten sich in den realistischen, welterfahrenen Verstand, in die mephistophelische Laune, mit der hier die Noth des Lebens, die Erbärmlichkeit der Welt geschildert wurde; noch Andere endlich sahen hier zuerst einen Weg eröffnet, um die Ergebnisse und Ansprüche der exacten Wissenschaften mit dem metaphysischen Bedürfniß, Naturalismus und Idealismus miteinander auszusöhnen. Nun sagte vollends die englische Westminster-Review den Deutschen, daß sie einen Philosophen besäßen, der sich lesen und verstehen ließe. Wie hätte da der Schopenhauerianismus nicht in die Mode kommen sollen? Bei den Antiquaren und den Buchhändlern wuchs jetzt die Nachfrage nach den Schriften des Mannes; die neueste insbesondere, die „Parerga und Paralipomena" vom Jahre 1850, in der er seine Lebens- und Weltansicht am meisten in kleine Münze umsetzte, wurde selbst von Solchen begierig gelesen, die noch vor Kurzem geschworen hatten, daß sie nie ein philosophisches Buch aufschlagen würden. Unmöglich konnten die Philosophen von Fach diese Bewegung ignoriren. Die Geschichten der Philosophie, die Schopenhauer früher kaum genannt hatten, sahen sich genöthigt, ihm ein eigenes Capitel zu widmen; er, der bei einem Haare zu den „verloren gegangenen Autoren" gehört hätte, mußte es erleben, daß die so viel von ihm geschmähte Hegel'sche Philosophie den Nachweis führte, wie auch er ein nothwendiges Glied in dem Entwickelungsgange des denkenden Geistes sei! Eine eigene Literatur über ihn wuchs empor. Mit dem Inlande wetteiferte das Ausland. Man ward nicht müde, anpreisende, widerlegende, commentirende Journalartikel, Broschüren und Bücher, Programme und Preisschriften über einzelne Theile und über das Ganze seiner Lehre zu schreiben. Wie geschäftig freilich und mit wie unphilosophischen Mitteln er selbst für seine Berühmtheit agitirte, das war damals für die Welt noch ein Geheimniß — man hätte es denn aus dem maaßlosen Selbstlob und aus den rohen, hochfahrenden Schimpfreden abnehmen müssen, die er in ekelhafter Wiederholung in allen seinen Schriften über jeden Mitbewerber ergoß. Aber wunderbar auch so noch und gleichviel jedenfalls für ihn selbst. Genug, er hatte, nachdem er im Jahre 1859 den Triumph einer dritten Auflage seines

Hauptwerks erlebt, in seinem Alter volle Genugthuung für die Nichtbeachtung, die er in der Jugend erduldet. Das Aufsehen, welches seine Schriften endlich erweckt hatten, nahm er für das sichere Anzeichen, daß nun seine Zeit gekommen sei, wie früher die Zeit Fichte's, Schelling's und Hegel's. Auch äußerlich, schon in der Gegenwart hatte er nun einen Anhalt für seine alte Zuversicht, daß die Nachwelt unter allen Umständen ihm gehören, daß seine Herrschaft bestehen werde, wenn die jener falschen Götzen längst dahin sei. Im vollen Genusse des Glaubens, daß „der Nil bei Cairo angekommen sei," durfte er — im Herbst 1860 — diese schlechte Zeitlichkeit, die Welt des Jammers und der Langenweile verlassen.

Voll Unbestand und voll Wunderlichkeit wenigstens ist diese Welt gewiß. Denn was geschieht? Noch nicht volle vier Jahre sind seit dem Tode des Propheten verflossen, und an die Berühmtheit seines Namens hat sich eine Berüchtigung seiner Person und seines Charakters angehängt, in deren trübem Dampf auch das nur eben so hell flackernde Licht seiner Lehre völlig wieder erstickt zu werden droht. Das Ende dieses schriftstellerischen Schicksals ist schlimmer als der Anfang. Der so lange Unbeachtete, der nur kaum berühmt Gewesene ist zum Geächteten geworden — er ist es geworden durch die Mittheilungen, welche die Freunde und Jünger des Meisters nach seinem Hinscheiden der Welt vorzulegen sich beeilt haben!

Wilhelm Gwinner war der Erste, der es unternahm, aus mehrjährigem persönlichen Umgange mit dem Frankfurter Weisen, ein Bild desselben zu zeichnen, das, da es doch mit sichtlicher Liebe und Bewunderung für die genialen und außerordentlichen Seiten des Mannes entworfen war, an der Treue der Zeichnung auch in den übrigen Partien keinen Zweifel ließ. Es war ein Bild von abschreckender moralischer Häßlichkeit, eine Grimasse, wie man nicht unpassend gesagt hat, auf Goldgrund und mit einem Heiligenscheine gemalt. Ein solches Denkmal von Freundeshand mochte seltsam erscheinen; aber seltsamer und unglaublicher war das, was folgte. Unter dem Vorgeben, eine richtigere und tiefere Würdigung der Person und Lehre Schopenhauer's zu geben, zur „Rettung" gleichsam des echten Schopenhauer erscheint von zwei Anhängern des Mannes eine zweite Publication — Himmel, welch' ein Buch! Wenn die boshafteste Verleumdung eines Pasquillanten sich bemüht hätte, das Andenken des Mannes zu schwärzen, so würde es ihr mit aller Kunst nicht gelungen sein, auch nur annähernd einen Effect hervorzubringen, wie das Werk der Herren Lindner und Frauenstädt. In der Form der Vertheidigung eine vergrößernde Bestätigung der Gwinner'schen Charakteristik, dasselbe Bild noch einmal, aber unter dem unbarmherzigen

Mikroskop — alle Flecken und Runzeln bis in's Kleinste treu wiedergegeben — jeder Zug, und die widerwärtigsten am meisten, mit besonderer Beglaubigung versehen, und zu allem Ueberfluß mit Fingern darauf hingewiesen!

Da giebt es, so viel wir sehen, um ein gerechtes Urtheil zu fällen, um die Grenze nicht zu verfehlen, bis zu welcher der Tadel, der den Menschen trifft, auch den Schriftsteller und Weltweisen mitergreift, nur einen einzigen Weg. Es gilt, die Schriften Schopenhauer's in der Hand, den Versuch, die Weltanschauung desselben zunächst einmal rein für sich zu ergreifen und uns in kritischer Betrachtung dieselbe klar zu machen. Sie sei uns für's Erste ganz nur das Erzeugniß des theoretischen Genius. Wir nehmen an, daß wir weder die Person noch den Charakter des Urhebers kennen. Wir wollen von Gwinner nicht gehört haben, weder wie Schopenhauer aussah noch wie er sprach, weder was er trieb noch wie er lebte. Wir wollen keine Zeile weder von den Erzählungen Frauenstädt's, noch von den Briefen Schopenhauer's an seinen Apostel gelesen haben. Unsere Leser bitten wir um dieselbe Enthaltsamkeit. Auch bei den rein philosophischen Auseinandersetzungen, die wir ihnen nach dem angegebenen Plane nicht ersparen können, rechnen wir auf die Beschaffenheit gerade dieses Systems, das durch die Mannichfaltigkeit der Gesichtspunkte belebt, durch die Peripetie der Gedanken romanartig anziehend ist. Sogar die Verächter der Philosophie aber wünschen wir in's Interesse zu ziehen und sie ein klein wenig zu überzeugen, daß sie sich selbst mißverstehen, wenn sie kurzer Hand jede philosophische Discussion für überflüssig und die Gegenwart dem Bedürfniß des Philosophirens für entwachsen erklären. Eine bedenkliche Wissenschaft ist die Philosophie gewiß. Schon die Schwierigkeit ihrer Probleme macht sie dazu; — möglich auch, daß diese Schwierigkeit zum Theil auf Unlösbarkeit hinausläuft. Aehnliche Bedenken und in Folge dessen ein ähnlicher Skepticismus richtet sich ja auch gegen die Wissenschaft und Kunst des Arztes. Gesetzt nun, die Aerzte würden abgeschafft oder vertrieben: wer, der die menschliche Natur kennt, zweifelt, daß wir alsbald von Quacksalbern heimgesucht und überschwemmt sein würden? Es will uns scheinen, daß es mit der Philosophie nicht anders ist, und zum mindesten daher, um uns vor ihren unechten Surrogaten zu schützen, wird man — wir wissen kein anderes Mittel — die philosophische Untersuchung, ein kritisches Eingehen auf die vorhandenen philosophischen Systeme sich gefallen lassen müssen. Wir setzen dabei so wenig wie möglich, wir setzen auch nicht dabei die Bekanntschaft mit dem Schopenhauer'schen System voraus; wir beginnen mit einer Darstellung desselben. —

2.

Es dreht sich dieses System ganz und gar um den Gegensatz von Erscheinung und Wesen. Es beantwortet einmal die Frage: was und wie ist die Welt, sofern sie erscheint, und sodann die Frage: was ist das dieser Erscheinung zu Grunde liegende An sich der Welt. Aus der Einkehr in das Innere des Menschen schöpft es die Antwort auf beide Fragen. Wie wir uns selbst als vorstellend und wollend finden, so ist auch die Welt von der einen, gleichsam der äußeren Seite gesehen, Vorstellung, von der anderen, der inneren, Wille.

Die Welt ist Vorstellung. Das heißt, sie ist schlechterdings nur in Beziehung auf uns als Vorstellende da. Kein Bewußtsein, keine Welt. Das Subject ist der Träger der Welt. In diesem Sinn ist ihr Sein ihr Erscheinen. Sie erscheint, das will zunächst sagen: sie ist Object für ein Subject. Sie ist dies aber in bestimmten Formen, an welche das Vorstellen gebunden ist, welche die Vorstellung constituiren. Es sind die Formen von Raum und Zeit und Ursächlichkeit. Von diesen Formen getragen, schwebt, wie ein Traum, aber ein vom Gesetze der Nothwendigkeit zusammengehaltener Traum, die Welt an uns vorüber. In diesen Formen und folglich durch sie ist die ganze anschauliche Welt; nur dadurch giebt es Vielheit, nur dadurch Materie; — die vielgetheilte, veränderliche, in ihrem Neben- und Nacheinander bedingte, in ihren Veränderungen durch Ursach und Wirkung zusammengeknüpfte und ebendamit dem Satz vom zureichenden Grunde unterworfene Welt löst sich eben ganz auf in Vorstellung.

Nun aber findet das vorstellende Subject sich selbst hinter seinem Vorstellen als Wille. Der Wille ist der Kern und das Ansich unseres Selbst — ein unschätzbarer Aufschluß winkt uns von hier über den Kern und das Ansich der Welt. Mit ihm stehen wir in der Mitte und auf dem Höhepunkt der Schopenhauer'schen Weltauslegung, und erst von hier aus überschaut sich dieselbe im Zusammenhange.

Wille nämlich ist auch das Wesen der Welt, Wille das allein wahrhaft Reale und Ursprüngliche. Wie wir unsere Handlungen, ja zunächst schon unsere Leibesbewegungen als Erscheinungen unseres Willens anzusehen gezwungen sind, so ist alles Sein und Geschehen in der Natur Erscheinung eines Willens. Dieser Wille ist das Ansich. Alle Formen der Erscheinung werden ihm als solchem fremd sein. Fremd also muß ihm Raum und Zeit und Ursächlichkeit, Vielheit und Theilbarkeit, frei muß er von dem Zwange der Nothwendigkeit, hinaus über die Anwendbarkeit des Satzes vom Grunde sein. Ein Wille, ein untheilbarer, über alles Nach- und Nebeneinander, über alle Einzelheit und alle Vielheit erhabener Wille liegt der ganzen Mannichfaltigkeit der Dinge zu Grunde. Als das ursprüngliche Wesen von Allem ist er durch nichts Anderes bestimmt und auf nichts Anderes hingerichtet: er ist grundlos und ziellos; er hat, mit sich selbst einig, nur sich selbst zum Ziel und Grund.

Dieser Wille jedoch erscheint. Erscheinen heißt: Vorstellung sein. In die Formen der Vorstellung eingehend, gewinnt der Wille Sichtbarkeit. Nicht Vorstellung daher, nicht Wille ist der erschöpfende Ausdruck für die Welt. Sie ist jenes, wenn man von ihrem Ansich, dieses, wenn man von ihrer Erscheinung absieht. Sie ist in Wahrheit Beides: Vorstellung, Selbsterkenntniß des Willens, sie ist — nach dem eigens von Schopenhauer geprägten Terminus — „Objectität des Willens."

Diese Selbstübersetzung des Willens in Vorstellung ist aber eine zwiefache. Es giebt eine unmittelbare und eine mittelbare Objectität des Willens. Der Wille geht vorerst nur in die allgemeinste Form des Erkennens, in die der Vorstellung überhaupt, des Objectseins für ein Subject ein. Nur so weit sich objectivirend, erscheint der Wille als Idee. Die Ideen — schon Plato hat sie gelehrt — sind die unmittelbare und daher „adäquate" Objectität des Willens. Sie sind erhaben über Zeit, Raum und Causalität; diese specifischen, untergeordneten Vorstellungsformen, die Formen des individuellen Erkennens berühren sie nicht; in die Ideen fällt kein Wechsel, keine Vielheit, keine Ursächlichkeit; der Satz vom Grunde hat für sie keine Bedeutung — sie entziehen sich der Erkenntnißsphäre des Individuums, soweit es Individuum ist.

Eben vor diesem individuellen Erkennen jedoch, dem an Zeit, Raum und Causalität gebundenen, zerschlägt sich die Einheit der unveränderlichen, ewigen Idee in die Vielheit gleichartiger, stets von Neuem entstehender und vergehender Dinge. Auch die Ideen erscheinen ihrerseits wieder; sie stellen sich insgesammt in unzähligen Einzelwesen dar, die sich zu ihnen wie Nachbilder zu Vorbildern verhalten. Und diese Einzeldinge sind nun nicht mehr eine adäquate, sie sind eine entferntere, eine mittelbare, durch das Eingehen in die Formen von Raum, Zeit und Causalität getrübte Objectität des Willens.

Auch jene adäquate Objectität des Willens indeß läßt selbst wieder einen größeren oder geringeren Grad der Sichtbarkeit zu: — in unendlichen Abstufungen offenbart sich der Wille. So viele solcher Abstufungen, so viele Ideen. Die Ideen, anders gesagt, sind bestimmte und feste Stufen, auf denen sich mit gradweise steigender Deutlichkeit und Vollendung das Wesen des Willens zur adäquaten Erscheinung bringt. Als die niedrigste dieser Stufen stellen sich die allgemeinsten Kräfte der

Natur bar — Schwere, Unburchbringlichkeit, Starrheit, Flüssigkeit, Elasticität, Elektricität, chemische Eigenschaften und Qualitäten aller Art. Der Wille zeigt sich hier — im Gebiete der unorganischen Natur — als ein blinder Drang, ein finsteres, bumpfes Treiben. Charakteristisch für biese unteren Stufen in Vergleich zu den höheren ist ferner dies, daß dort der Individualcharakter der Einzelerscheinung noch ganz vor der durchgreifenden Einheit der Idee zurücktritt. Vor Allem aber zeigt sich die fortschreitende Abstufung in der verschiedenen Form, in der das Gesetz der Causalität sein Recht an den Einzelerscheinungen geltend macht. In der unorganischen Welt sind es die eigentlich so genannten Ursachen, welche die Veränderungen bewirken. In der vegetativen Natur erfolgen die Bewegungen auf Reize. Den Charakter der Thiere bezeichnet die Motivation, d. h. die durch das Erkennen hindurchgehende Causalität. Von Stufe zu Stufe sich deutlicher objectivirend, wirkt demnach der Wille zunächst als unorganische Kraft; schon höhere Willensacte oder Ideen prägen sich in jeder Pflanzenspecies, abermals höhere in den Thierspecies aus. Es sind gleichsam ebenso viele Charakterformen des Einen Willens der Welt — die höchsten aber sind die, welche in den empirischen Charakteren der einzelnen menschlichen Individuen erscheinen.

Ein Punkt in dieser Stufenfolge ist nun aber von epochemachender Bedeutung. Der Punkt nämlich, wo, wegen des stärkeren Hervortretens des Individualcharakters und wegen der größeren Complicirtheit der Einzelwesen, als Hülfsmittel zur Erhaltung des Individuums und zur Fortpflanzung der Gattung — die Erkenntniß, und mit ihr die Bewegung auf Motive, auftritt. Der Wille, der bis dahin im Dunkeln seinen Trieb verfolgte, hat sich auf dieser Stufe, der Stufe des animalischen Lebens, „ein Licht angezündet." Im organischen Leibe der Thiere und Menschen objectivirt sich eben auch der Wille, er schafft sich für jede seiner Bestrebungen und Bestimmungen ein Organ, — für das Erkennenwollen das Gehirn. Wie das Gehirn ein „Parasit des Organismus," so ist das Erkennen, als die Function des Gehirns, das Secundäre im Verhältniß zum Willen, der seinerseits das Unzerstörbare und Ewige im Menschen, gleichsam „das Radical der Seele" ist.

Allein mit dem Gehirn und seiner Function, mit diesem Hülfsmittel, das sich der Wille auf den höchsten Stufen seiner Objectität geschaffen hat, steht nun mit Einem Schlage die Welt als Vorstellung da. Was den unorganischen Körpern die Empfänglichkeit für mechanische, chemische, physikalische Ursachen, was den Pflanzen die Empfänglichkeit für Reize, ebendas leistet dem Thier und Menschen die Erkenntniß. Sie ist das Medium der Motive; das im Gehirn entsprungene Bild einer Welt nichts weiter als der Plan, auf welchem Ursachen und Reize sich als Motive, die Motive sich als Zwecke darstellen.

Wir sind da wieder angelangt, von wo wir ausgingen. Die Welt als Vorstellung oder als „Gehirnphänomen!" Den Willen in seinem Erscheinen, seiner Objectität betrachtend, ihn auffassend im Spiegel unseres eigenen Erkennens, haben wir die Welt als Vorstellung aus dem Willen selbst entspringen sehen — und da steht sie nun vor uns, diese raumzeitliche, ursächlich verknüpfte, vom Satz des Grundes beherrschte Traumwelt, wir selbst, die Träumenden, an die Gesetze dieses Traumes unweigerlich gebunden!

Es ist so: im Erkennen wie im Handeln den, kraft des Willens der Welt existirenden Formen des Vorstellens unterworfen, ist das Individuum durchaus bedingt, unfrei und unselig.

Im Erkennen bedingt. Denn es hilft nichts, daß der Mensch, im Unterschiede vom Thiere, Vernunft, das Vermögen der Begriffsbildung hat. Der Begriff ist nur ein Reflex der anschaulichen Vorstellung; in der Erzeugung und Beziehung der Begriffe kömmt wieder der Satz vom Grunde mit der ihm anhaftenden Nothwendigkeit, wenn auch in einer besonderen Gestalt, der Gestalt des Erkenntnißgrundes, zur Geltung.

Und unfrei auch im Handeln. Denn unser „intelligibler Charakter" zwar, unser Sein ist ein Act des grundlosen Willens, der vor und außer dem Gebiet der Nothwendigkeit liegt, aber, in die Erscheinung tretend, finden wir ihn als angeborenen vor, und machen, indem wir ihn als „empirischen Charakter" kennen lernen, die Erfahrung seiner Unveränderlichkeit. Von diesem angeborenen Charakter sind unsere Handlungen die nothwendigen, zwiefach nothwendigen Ergebnisse. Denn sie sind Veränderungen und also wie alle Veränderungen dem Gesetze der Causalität, diesem ausnahmslosen Gesetze der Vorstellungswelt unterworfen. Bloße Täuschung ist es, als ob wir der Nothwendigkeit dieses Gesetzes dadurch entrückt wären, weil wir auf Motive, und zwar, im Unterschied von den Thieren, auf abstracte Motive hin handeln. Auch Motive sind Ursachen, und es ändert nichts, daß wir diese Ursachen in der Brechung und Zersetzung der doch selbst wieder von der Anschauung abhängigen Reflexion erblicken.

Unfrei also und zweitens unselig. Denn unsere Handlungen, unser ganzes Dasein gehört in den Zusammenhang des Lebens, da doch der Wille, im Spiegel der Vorstellung erscheinend, eben das Leben, die Welt will, „Wille zum Leben" ist. In die Endlichkeit der Erscheinung geworfen, zeigt sich der Wille nothwendig als immer gehemmtes Streben. Immer gehemmtes Streben ist endlose Unbefriedigung oder Leiden. Alles Leben, also auch alles menschliche Thun und Treiben, ist Leiden, ein Kampf bald gegen die Noth, bald gegen die Langeweile.

Und doch — es giebt Rettung von dieser Bedingtheit, Unfreiheit und Unseligkeit.

Sich zum Dienste erschuf sich der Wille das Erkennen. In diesem Dienste arbeitet der Intellect, sofern er, als individuelles Erkennen, im praktischen Leben wie in der Wissenschaft dem Satze vom Grunde nachgeht, die einzelnen Dinge nach ihren zeitlichen, räumlichen und ursächlichen Beziehungen betrachtet. Nun aber kann, vermöge eines in dem Individuum vorhandenen Ueberschusses von Intellect, der Intellect von dieser Dienstbarkeit sich losreißen. Das Subject kann, wenn auch nur theilweise, die Betrachtung der Dinge nach dem Satze vom Grunde fallen lassen, um nur noch als reines Subject, ungehindert durch die untergeordneten Erkenntnißformen, gleichsam hindurchschauend durch Raum, Zeit und Causalität, wie ein klarer Spiegel den Gegenstand als solchen, völlig objectiv aufzufassen. Das so aufgefaßte Object wird, nach dem Früheren, die Idee sein; das so auffassende Subject wird nicht mehr Individuum, sondern reines, dienstfreies, willenloses und also schmerzloses Subject sein. Diese in den Dingen nur die Ideen sehende Betrachtungsart ist die ästhetische. Auf ihr beruht alle Kunst. Bis auf einen gewissen Grad wohnt die Fähigkeit dazu allen Menschen ein; in der überwiegenden Fähigkeit zu ihr besteht das Wesen des Genius.

Die Seligkeit, die wir im Zustande der ästhetischen Contemplation empfinden, ist jedoch nur der Vorschmack derjenigen, die im Zustande der Heiligkeit erreicht wird. Wenn nämlich im Genuß des Schönen das individuelle Wollen auf Augenblicke, so kann dasselbe auch gänzlich beschwichtigt sein. Solche gänzliche Beschwichtigung des Willens wird die Frucht höherer Erkenntniß sein, der Erkenntniß, daß der erscheinende Wille, der Wille zum Leben, voll Widerstreit, voll Nichtigkeit und ebendeshalb voll Leiden ist. Der gewöhnliche Standpunkt ist der, daß die Erkenntniß der vielgetheilten Welt dem Willen dient, daß die erkannten einzelnen Erscheinungen als „Motive," als immer wiederkehrende Anreizungen des Wollens wirken: es ist der im Princip des Egoismus wurzelnde, in der Bosheit gipfelnde Standpunkt der Bejahung des Willens zum Leben. Das Gegentheil dieses Verhaltens wird eintreten, wenn sich die Erkenntniß von dem Einzelnen auf das Ganze richtet, wenn das vielgetheilte und bedingte Sein als trügerischer Schein durchschaut und wenn statt dessen die Ideen, ja das Wesen der Dinge an sich als derselbe Eine Wille in Allem unmittelbar erkannt wird. Diese Erkenntniß, zunächst in der Gesinnung des Mitleids oder der Liebe sich ankündigend, wird am

Ende zum „Quietiv," d. h. zum Beschwichtigungsgrunde des Wollens überhaupt. So ergiebt sich der Standpunkt der Verneinung des Willens zum Leben, d. h. der absoluten Entsagung, wie sie vorsätzlich durch Askese, unvorsätzlich durch überschwängliches Leiden herbeigeführt wird. Diese Selbstaufhebung des Willens ist zugleich der einzige Fall, wo die eigentliche Freiheit, die in Wahrheit nur dem nicht erscheinenden Willen zukömmt, in der Erscheinung sichtbar werden kann. Die Selbstaufhebung des Willens, wo irgend ein Individuum sie vollzieht, ist Aufhebung des ganzen Charakters. Mit dem Willen wird in diesem Acte auch die Erscheinung des Willens, sein Spiegel, die Welt verneint, — es ist in der That der Uebergang in's Nichts.

3.

Schon diese Skizze der Schopenhauer'schen Lehre, die wir so eben zu entwerfen versuchten, war nur dadurch möglich, daß wir diejenigen Stellen versteckten oder leiser über sie hinglitten, an denen sich die widersprechenden Gedanken, die hier in ein Ganzes verknüpft sind, allzu hart gegeneinander stoßen. Nur durch eine Art gleichschwebender Temperatur, durch eine Methode, welche die einzelnen Töne nicht absolut scharf und rein stimmt, ist dieses System ohne Mißklang wiederzugeben. Und auch abgesehen von den Beschwerden, die Schopenhauer selbst über eine gewisse Klasse seiner Beurtheiler zu führen pflegte, ist ein solches Verfahren einem Gedankengebäude gegenüber Pflicht, das zunächst durch seine Gesammtgestalt imponirt, das, gleichsam in sich selbst im Kreise zurücklaufend, nur einen einzigen Grundgedanken von verschiedenen, sich wechselseitig beleuchtenden Seiten entwickeln will, das gerade den Gegensatz von Vorstellung und Wille benutzt, um Erkenntnißlehre und Aesthetik, Metaphysik und Ethik auf's Geistreichste in Eins zu verschlingen. Nur um so mehr jedoch wird der Darstellung die Prüfung auf dem Fuße folgen, wird jene durch diese ergänzt und berichtigt werden müssen. —

Das günstigste Vorurtheil nun muß es gleich bei'm Eintritt in diese Philosophie erwecken, wenn wir wiederholt versichert werden, daß dieselbe, weit entfernt, Begriffe aus Begriffen zu spinnen, vielmehr ganz und gar auf der Anschauung beruhe. Sie will, in Gemäßheit eines Wortes von Bacon, die Welt nicht sowohl überspringen, als nur eine vollständige Wiederholung und Abspiegelung derselben sein. In Begriffen, natürlich, wird sie dieses Spiegelbild erscheinen lassen, aber in solchen, die ihre Wurzel durchaus in äußerer und innerer Erfahrung haben. Möge sie Wort halten!

Von der äußeren Erfahrung, in der That, geht Schopenhauer aus.

An dem Hergang des Sehens vorzugsweise entwickelt er die Grundlagen der einen Hälfte seiner Weltanschauung. Er erinnert daran, daß die Sinnesempfindung für sich allein etwas lediglich Subjectives, ein Vorgang im Organismus selbst sei, dessen Veränderungen unmittelbar blos in der Form des „inneren Sinnes," d. h. der Zeit, zum Bewußtsein gelangen. Jetzt jedoch — so setzt er weiter auseinander — geräth der Verstand in Thätigkeit. Das ganze Wesen und Thun desselben geht auf in dem Gesetze der Causalität. Der Verstand kann nicht anders als die gegebene Sinnesempfindung als eine Wirkung, d. h. als etwas auffassen, das nothwendig eine Ursache hat. Zugleich nimmt er dabei die ebenfalls im Geiste prädisponirt liegende Form des „äußeren Sinnes," den Raum zu Hülfe, und so construirt er in völlig unmittelbarem Thun aus sämmtlichen Datis der Empfindung die Ursache derselben im Raum, construirt die objective, reale Körperwelt, die sofort in der Zeit, dem Causalitätsgesetze gemäß, sich ferner verändert und im Raume bewegt. Diese anschauliche Welt — ist Vorstellung. Auf ihr wieder baut sich, ganz allein kraft des nur empfangenden, „gleichsam weiblichen" Vermögens der Vernunft, als ein abstracter Reflex jener, die Welt der Begriffe auf. Auch sie, und also die Welt in jedem Sinne, so lehrt uns die äußere Erfahrung, ist Vorstellung.

Lehrt die Erfahrung! — wen lehrt sie das und wie wäre sie, es zu lehren jemals im Stande? Weil sich die Thatsachen der äußeren Erfahrung selbst, das Zustandekommen der körperlichen Welt in solcher Weise vorstellbar, hypothetisch vorstellbar machen läßt, so wäre jene Erfahrung damit zum Beleg der gegebenen Erklärung geworden? Vielmehr, so gewiß nach dieser Erklärung Zeit, Raum und Causalität das der Erfahrung Vorausliegende sind, so gewiß ist es etwas Anderes, an die Erfahrung anknüpfen, und etwas Anderes, auf der Erfahrung als auf einem Beweisgrunde fußen. Nur jenes, nicht dieses thut Schopenhauer, und es versteht sich von selbst, daß der angebliche Beweis dadurch nicht mehr zum Erfahrungsbeweise wird, wenn weiterhin, in physiologischer Wendung, die Empfindung auf die Sinnesnerven, Raum, Zeit und Causalität auf das Gehirn zurückgeführt werden.

Wie dem jedoch sei; gegen die Behauptung im Allgemeinen, daß Alles, was für die Erkenntniß da ist, nur Object in Beziehung auf das Subject, mit Einem Worte Vorstellung ist, sei nichts einzuwenden. Diese ganze Einsicht, bewiesen oder nicht, führt jedenfalls nicht weit; — gewiß ist nur so viel, daß sie offenbar denjenigen, der sich ausdrücklich bescheidet, nicht das Woher oder Wozu, sondern einzig das Was der Welt angeben zu wollen, zugleich an's Ende führt. Der Kreis, meinen wir, der mit dem Satze:

„die Welt ist Vorstellung" um alles Sein gezogen ist, kann nirgends durchbrochen werden. Würde unser Philosoph, seiner eigenen Erklärung untreu, dazu fortgehen, das Wesen der Vorstellung aus einem höher liegenden Princip abzuleiten — worin anders könnte eine solche Ableitung bestehen, als entweder in der Aufweisung eines Realgrundes der Vorstellung oder aber in der Aufstellung eines abstracteren Ausdrucks für das, was bis dahin Vorstellung hieß? Das Erstere ein unmögliches, das Andere ein völlig unfruchtbares Beginnen. Denn nach dem Grunde der Vorstellung kann der nicht fragen, dem ja der Satz vom Grunde nur innerhalb der Welt, nur erst auf dem Boden der Vorstellung selbst Geltung erhält. Einen abstracteren Ausdruck andererseits kann der nicht suchen, der dem Vermögen der Begriffe alle schöpferische, unsere Einsicht wirklich erweiternde Bedeutung abspricht.

So einleuchtend diese Betrachtungen sind —: wir wissen bereits, daß Schopenhauer nichtsdestoweniger den Kreis jenes Satzes sprengt. Er thut es in Wahrheit, indem er in gewisser Weise beide eben angedeutete Fehler mit einander verbindet. Er sucht allerdings einen Realgrund für die Vorstellung und die in ihr beschlossene Welt; er deckt wenigstens einen Theil der Schwierigkeiten dieses Schrittes lediglich durch die Mittel anschauungsloser Abstraction.

Es ist, logisch betrachtet, eine handgreifliche Verwechselung, die den Schritt einleitet. Vorstellung ist gleich Erscheinung. Keine Erscheinung ohne einen wesenhaften Kern. Zwar — von Zweien Eines. Entweder ist auch das Verhältniß von Wesen und Erscheinung eine besondere Form des Satzes vom Grunde, oder es ist wohl gar nur eine Uebersetzung des Verhältnisses von Ursach und Wirkung in die Sprache des reflectirten Denkens. Im einen wie im anderen Falle wäre es Schopenhauer gleich sehr verwehrt, von jener Kategorie Gebrauch zu machen, um die Welt als Vorstellung zu überschreiten. Ihn indeß halten solche Erwägungen nicht auf. Es ist ja immer die Grund- und Urfrage aller Philosophie gewesen, nach dem Wesen der Erscheinung zu forschen. In der Untersuchung von Wesen und Erscheinung begegnen sich die alten Inder mit Plato, Plato mit Kant. Auch Schopenhauer geht diese Wege. Nachdem er nur eben die Frage nach der Realität der Außenwelt in jeder Form, die sie in irgend einer früheren Philosophie angenommen habe, zurückgewiesen, erhebt und formulirt er sie selbst in der denkbar naivsten Weise. Was ist, so frägt er (und nach welcher Antwort wird er diese Frage nicht wiederholen können?), — was ist diese anschauliche Welt „noch außerdem, daß sie meine Vorstellung ist?"

Daß jene historischen Vorgänge nichts für sein Recht zu der Stellung der Frage beweisen, ist einleuchtend. Von der Versenkung in den Gedanken der Weltseele ausgehend, wird die an die brahmanischen Vorstellungen sich anlehnende indische Philosophie nothgedrungen zu der Annahme getrieben, daß die körperliche Welt nur ein Schein, ein Gaukelspiel unserer Sinne, die Täuschung der Maja sei. Wird Schopenhauer sich auf jene von der Phantasie unterstützte Abstraction berufen dürfen? wird er zugeben können, daß die Vorstellung, der Träger der ganzen anschaulichen sowohl wie der Begriffswelt, ein bloßes Blendwerk sei? — Und Plato. Wir verstehen es vollkommen, wenn dieser jenseits der sinnlichen, in beständigem Werden und Schwanken begriffenen Welt nach einer realeren, nach der sich selbst gleichbleibenden Welt der Ideen hinüberlangt; denn jene ist nur der sinnlichen Erkenntniß zugänglich und die sinnliche Erkenntniß ist selbst wandelbar und ohne Bürgschaft der Wahrheit. Es giebt, so lehrt der Schüler des Sokrates, ein höheres, specifisch von dem sinnlichen verschiedenes Erkennen, das allein den Namen des Wissens verdient, dasjenige Erkennen, das es mit Begriffen zu thun hat. Deshalb, in Folge einer Scheidelinie also, die mitten hindurchläuft durch das von Schopenhauer insgesammt als Vorstellung bezeichnete Gebiet, muß es eine für sich bestehende Welt der reinen, ewigen Begriffe geben. Wie das Wissen dem Wahrnehmen und Meinen, so steht das Reich der Ideen der sinnlichen Welt, das wahre Wesen der daffelbe vielgestaltig, wandelbar, unvollkommen nachbildenden Erscheinung der Dinge gegenüber. — Wir finden uns endlich, wenn auch schwieriger, mit der analogen Unterscheidung Kant's zurecht. Denn indem Kant zuerst mit grüblerischem Tiefsinn den Antheil nachzuweisen bemüht war, den das vorstellende Subject nach seinem sinnlichen sowohl wie nach seinem begrifflichen Erkennen an dem Zustandekommen dessen hat, was wir unsere Welt nennen, so mußte ihm ja wohl, schon zur bloßen Verdeutlichung seiner Meinung, ja, um für diese Meinung nur überhaupt einen Anknüpfungspunkt an die gewöhnliche Ansicht und an die dogmatisch-metaphysische der zeitgenössischen Philosophen zu gewinnen, — es mußte ihm die Unterscheidung der Dinge, wie sie für uns und wie sie „an sich" sind, zum unentbehrlichen Unterbau seiner kritischen Auseinandersetzungen werden. Dieser unentbehrliche Unterbau fixirte sich — bald deutlicher, bald minder deutlich — zu der Annahme einer unserem subjectiven Vorstellen entgegenkommenden objectiven Materie, eines gegebenen Stoffes der Empfindung. Im Vorstellen also gab es für ihn einen Rest, der nicht Vorstellung war. Ohne einen solchen Rest neben existirt kein Jenseits über der Vorstellung, und jener Rest eben existirt für Schopenhauer nicht, — für den nicht, der die ganze, auch die empfundene Welt in Vorstellung auflöst.

Ober wie? wäre gerade dies etwa der Punkt, an welchem sich unser Philosoph durch eine versteckte Inconsequenz gegen seinen ersten Grundgedanken einen Ausweg nach dem Jenseits der Vorstellung ermittelte?

Durch eine versteckte Inconsequenz. Denn es scheinen zunächst ganz andere Bahnen der Betrachtung zu sein, die er uns führt, um die Nothwendigkeit jener Unterscheidung von Erscheinung und Wesen plausibel zu machen. Diesmal wirklich die Bahnen der Erfahrung. Gesetzt, so raisonnirt er, wir erkennten nichts als Erscheinungen an: wie weit kommen wir denn bei dem Versuche, die Wirklichkeit lediglich mit Begriffen der Erscheinung zu erklären? Das Geschäft solcher Erklärung ist das der Physik. Da zeigt sich denn bald genug, daß dieselbe mit zwei wesentlichen Unvollkommenheiten behaftet ist. Alle solche Erklärung nämlich verläuft nach dem Satze des Grundes. Sie faßt die eine Erscheinung als bedingt durch die andere, sie steigt immer höher aufwärts in der Kette von Ursach und Wirkung — aber der Anfang der causal zusammenhängenden Veränderungen ist schlechterdings nie zu erreichen, sondern weicht unaufhörlich und in's Unendliche zurück. Das Zweite aber ist dies, daß sämmtliche wirkende Ursachen, aus denen man Alles erklärt, stets auf einem völlig Unerklärbaren beruhen, nämlich auf den ursprünglichen Qualitäten der Dinge und den in diesen sich hervorthuenden Naturkräften, als z. B. Schwere, Elasticität u. s. w. Bis auf einen gewissen Grad wird man diese Kräfte eine auf die andere, man wird sie auf letzte Kräfte zurückführen können, aber immer werden dann doch diese Urkräfte als unauflösliches Residuum, es wird ein Inhalt der Erscheinung bleiben, der nicht auf ihre Form zurückzuführen, also nicht nach dem Satze vom Grunde zu erklären ist.

Vortreffliche Bemerkungen das, sofern sie den Zweck haben, zu zeigen, daß die Physik über sich selbst zur Metaphysik hinaustreibt. Siegreich treffen sie den einseitigen Naturalismus und Materialismus. Allein die Absicht und der Sinn dieser Bemerkungen geht weiter. Zu unserem Erstaunen führen sie uns zu der Kant'schen Unterscheidung einer Form und eines Inhalts der Erscheinung zurück. Der Satz: die Welt ist Vorstellung, bekömmt auf einmal den beschränkteren Sinn, daß nur das Wie, aber nicht das Was der Welt durch unser Vorstellen bedingt sei. Dieser Sinn streitet mit der anderwärts gegebenen Versicherung, daß die ganze Welt „durch und durch" Vorstellung sei. Auch die Empfindung, wohlgemerkt, war ja unserem Philosophen etwas Subjectives, der rohe Stoff, aus dem der Verstand dann die wirkliche Welt, die Materie und alles nur mittelst der Materie Vorstellbare schuf. Auch die Empfindung — und also doch wohl auch jene Qualitäten der Dinge und

Kräfte! Nur die Vorstellung ist es ja offenbar, welche die Empfindung zu „Qualitäten" objectivirt, nur das reflectirte Denken vollends, welches auf der Grundlage des Anschauungsbegriffs Causalität den Begriff einer „Kraft" entstehen läßt. Das wissenschaftliche Erkennen der Physik daher mag Reste übrig behalten und die Physik treibt daher ganz gewiß in die Metaphysik hinüber, aber die Formel: die Welt ist Vorstellung, läßt keinen Rest der Welt; sie ist vielmehr selbst eine metaphysische Deutung der Welt, die über der physikalischen Erklärung derselben hinausliegt. Jenseits aller Aetiologie gelegen, weist dieser Satz das Wesen, das „Ding an sich" aller Causalität in dem ursprünglichen, nicht weiter analysirbaren Verhältniß von Subject und Object nach. Wer für dies Metaphysische oder neben demselben noch ein höheres Metaphysisches sucht, der offenbar versteigt sich in ein Gebiet, wo, weil hier die einfachste Grundlage alles Erkennens, Object für ein Subject Sein, verschwunden ist, eben auch alles Erkennen nothwendig verschwinden muß. Nur grober Mißverstand oder das Vergessen des Sinnes der Behauptung: die Welt ist Vorstellung, kann meinen, daß erst mit der weiteren Frage, was sie „außerdem" sei, mit der Frage nach dem Was der Qualitäten und Kräfte die Pforten der Metaphysik sich öffneten. Die der transscendenten Metaphysik — ja; und das, um es kurz zu sagen, um es mit Kant'schen Ausdrücken zu formuliren, das ist die Verwirrung, die sich hinter jenem „Außerdem" verbirgt: Schopenhauer geht von der kritischen zu einer dogmatischen Lösung des Weltproblems fort, von einer transscendental-metaphysischen zu einer transscendent-metaphysischen. Er deutet zuerst die Erfahrung im echten Sinne der Kant'schen Philosophie transscendental, d. h. er deutet sie durch etwas vor der Erfahrung Gelegenes, und er fügt dieser Deutung alsbald eine andere durch ein über oder jenseits der Erfahrung Gelegenes hinzu. Der Satz: die Welt ist Vorstellung, weist deutlicher noch, als es von Kant geschehen, aller transscendenten Metaphysik die Thür: die Neugier, unterstützt, wie wir uns bald überzeugen werden, von der Phantastik, läßt dieselbe zu einer Hinterthür, — einer von Kant wohlweislich immer unter Verschluß gehaltenen Hinterthür wieder herein.

Zwar doch wohl nicht blos die Neugier. Durch welche Gedankenmotive immer der Uebergang von der Erscheinung zu dem Ansichseienden in alten und neuen Systemen vermittelt war: in letzter Linie spielten dabei religiöse, ästhetische, sittliche Motive mit. Um von Plato und den alten Indern zu schweigen, so war es bei Kant recht eigentlich die Ehrfurcht, mit der ihn der Ernst der Pflicht erfüllte, was dem unerkennbaren Ding an sich dennoch Realität gab. Daß dies der Sinn, im Grunde der einzige Sinn der Kant'schen Unterscheidung einer phänomenischen und noumenischen Welt sei, kam deutlich zu Tage, als Fichte mit systematischer Consequenz die subjective sowohl wie die ethische Seite der Kant'schen Lehre vollendete. Nicht von der „Vorstellung" als einem unüberschreitbaren Letzten, sondern vom Ich, als der Ursache der erscheinenden Welt, geht Fichte aus. Nicht das ganze, sondern eben nur das vorstellende, das theoretische Ich schaut die Welt hin, projicirt sie aus sich heraus. Wir würdigen es vollkommen, wenn in der „Bestimmung des Menschen" das „Ich" gegen den „Geist," der es in den Principien der theoretischen Wissenschaftslehre unterwiesen hat, darüber Klage führt, daß demzufolge die ganze Körperwelt „in eine bloße Vorstellung verschwinde," daß alle Realität sich in einen „wunderbaren Traum," in vorüberschwebende Bilder ohne Bedeutung und Zweck, das Dasein in ein Spiel verwandle, das von nichts ausgeht und auf nichts hinausläuft. Die Antwort ist leicht beider Hand. Der belehrende Geist darf das Ich auf die noch unerschöpften Ressourcen verweisen, die es in seinem praktischen Vermögen, in seiner sittlichen Kraft und Bestimmung habe. Durch den Glauben an diese Bestimmung, durch das Uebergreifen des sittlich wollenden über das vorstellende Ich verwandelt sich mit Einem Schlage eben jene Welt der Bilder in die Sphäre und den Schauplatz des Seinsollenden. Das Ansich der Welt ist das, was wir handelnd, zufolge unserer moralischen Pflicht, aus ihr machen sollen.

So Kant und Fichte. Ist es etwa dasselbe Motiv, welches bei Schopenhauer mitspricht?

Was uns zum Forschen antreibt, so sagt er das eine Mal, und wir sollten darauf schwören, daß ihm derselbe Geist erschienen sei wie dem Ich in der „Bestimmung des Menschen" — was uns zum Forschen antreibt, ist, daß es uns nicht genügt zu wissen, daß wir Vorstellungen haben, daß sie solche und solche sind, und nach diesen und jenen Gesetzen zusammenhängen. Wir wollen „die Bedeutung jener Vorstellung wissen: wir fragen, ob diese Welt nichts weiter als Vorstellung sei; in welchem Falle sie wie ein wesenloser Traum, oder ein gespensterhaftes Luftgebilde, an uns vorüberziehen müßte, nicht unserer Beachtung werth." Er appellirt an das „innere Widerstreben," das Jedem die Annahme einflößen müsse, daß die Welt nichts als seine Vorstellung sei. Er beruft sich auf das, was er das „metaphysische Bedürfniß" nennt. Der Mensch ist ihm ein animal metaphysicum. Es ist der Anblick des Uebels und des Bösen in der Welt, es ist das Wissen um den Tod und neben diesem die Betrachtung des Leidens und der Noth des Lebens, was den Menschen dazu treibt, über die gegebene Erscheinung der Dinge zu etwas hinauszugehen, „was hinter der Natur steckt und sie möglich macht."

Wie sollten wir nicht solche ethisch-religiöse Motive höchlich in Ehren halten? — Uns plagt nur, gestehen wir es, immer das eine und selbe Bedenken! So wenig wir vorher vom Schopenhauer'schen Standpunkt aus jene Unterscheidung eines Inhalts und einer Form der Erscheinung, so wenig können wir jetzt die Frage nach einem ethischen Gehalt derselben und die Bezeichnung der Vorstellung als „wesenloser Traum" verstehen. Denn Fichte zwar hatte sich die Mittel, um aus diesem Traum zu erwachen, von vorn herein vorbehalten; — bei Schopenhauer, der die Welt nicht aus einem Theile des Ich als aus ihrer Ursache erklärt, sondern der von vorn herein den ganzen Raum des Verhältnisses von Subject und Object zum Behuf der Erklärung — nicht doch! zum Behuf der Auslegung der Welt in Beschlag genommen, bei Schopenhauer scheinen auch diese Mittel in den Traum mitverwickelt zu sein. Wird nicht, beispielsweise, auch die praktische Freiheit in den Kreis der Welt als Vorstellung fallen? Und wenn dies — wo gäbe es denn dann noch einen Punkt, von dem aus zur Befriedigung jenes „metaphysischen Bedürfnisses" ein An sich, ein Außer und Hinter der Erscheinung zu ermitteln wäre?

Ich führe euch, so sagt Schopenhauer, zu einem solchen Punkte abermals auf dem Wege der Erfahrung. Und zwar, wie er uns durch äußere Erfahrung den Beweis dafür will gegeben haben, daß die Welt Vorstellung, so macht er sich anheischig, durch innere Erfahrung nun auch den Nachweis zu führen, daß und was die Welt noch Anderes als Vorstellung sei. Es handle sich nur darum, die äußere mit der inneren Erfahrung gehörig und am rechten Ort zu verbinden und diese zum Schlüssel jener zu machen. Das Wesen der Dinge ist nur zu erreichen, sofern wir selbst uns im Innern der Dinge befinden. Durch Erkenntniß und Vorstellung nämlich komme man stets nur von Außen zu den Dingen — so sagt derselbe Mann, der doch die „transscendentale Idealität" der Welt behauptet, der doch bewiesen haben will, daß alle Wirklichkeit nur für den Verstand, durch den Verstand, im Verstande sei. Mußten wir nicht glauben, daß wir nach dieser Lehre schlechterdings und immer nur „im Innern" der Dinge seien? — Wahrlich! wir sind doppelt begierig, das Innere dieses Innern kennen zu lernen.

Wir sind, so verläuft die weitere Auseinandersetzung, nicht blos rein erkennendes Subject. Ein Jeder vielmehr findet sich in der Welt als Individuum, d. h. sein Erkennen ist vermittelt durch einen Leib. Dieser Leib ist dem rein erkennenden Subject als solchem eine Vorstellung wie jede andere, ein Object unter Objecten. Aber während die ganze übrige Welt uns nur als Vorstellung gegeben ist, so der Leib, dies uns nächste Object, noch auf eine zweite, ganz andere Weise — nämlich als jenes

Jedem unmittelbar Bekannte, welches das Wort Wille bezeichnet. Mein Leib ist meine Vorstellung; mein Leib ist zweitens — wir erlauben uns diesen Ausdruck auf unsere eigene Gefahr — mein Gewolltes. Jede Action des Leibes, sagt Schopenhauer, ist nichts Anderes als der objectivirte, d. h. in die Anschauung getretene Act des Willens; jeder Willensact ist unausbleiblich auch eine Bewegung des Leibes. Beides, der Willensact und die Action des Leibes, sind nicht zwei objectiv erkannte verschiedene Zustände, die das Band der Causalität verknüpfte, sondern sie sind Eines und Dasselbe, nur auf zwei gänzlich verschiedene Weisen gegeben: einmal ganz unmittelbar und einmal in der Anschauung für den Verstand. In letzterer Rücksicht kann der Leib das „unmittelbare Object" genannt werden, in ersterer Rücksicht ist er die „Objectität des Willens."

Ein ganzes Nest von Irrthümern, von Erschleichungen und Uebereilungen!

Eine absichtsvolle Erschleichung zunächst, und die Wurzel aller folgenden, ist die Einführung des Individuums. Auch die Vorstellung vollzieht sich immer nur individuell. Wer ihre allgemeinen Gesetze entwickeln will, hat das Recht, vom Individuum zu abstrahiren: aber in derselben Allgemeinheit — das Individuum immer nur so benutzend wie der Mathematiker die einzelne im Geist oder auf dem Papier gezeichnete Figur, — in derselben Allgemeinheit wird uns der Philosoph auch den Willen vorzuführen haben. Und so thut Schopenhauer, nicht etwa blos in der ersten Auflage, sondern noch in der zweiten Bearbeitung seiner, mehrere Jahre vor seiner Hauptschrift erschienenen Erstlingsschrift, so thut er auch sonst zuweilen, wenn die Gelegenheit oder irgend eine Absicht es so mit sich bringt. Wir erkennen uns, sagt er alsdann (vergl. „Ueber die vierfache Wurzel," zweite Aufl. S. 136), im Selbstbewußtsein als wollend. Dasselbe Subject, welches der Träger der Welt als Vorstellung ist, erkennt sich selbst als Wille. Halten wir uns nun hieran, so beschränkt sich, correct dargestellt, das Ergebniß dieser Analyse des Selbstbewußtseins auf Folgendes. Das Erkennen, nach Außen gerichtet, zeigt uns die Welt; nach Innen gerichtet, den Willen, nichts als den Willen. Als Wille erscheine ich selbst mir; auch das Ich, heißt das, ist Erscheinung oder Vorstellung, und die apriorische, geistesinnerliche Form dieser Erscheinung ist ebenso Wille, wie die apriorische Form der äußeren Erscheinung Raum, Zeit und Causalität ist. Auch das Selbstbewußtsein somit führt uns nicht über das Gebiet der Vorstellung hinaus: der Wille ist so wenig wie die Außenwelt ein „Ding an sich." Und das Selbstbewußtsein, zweitens, führt uns in keiner Weise über das Wollen zu dem Leibe hinaus — zu dem Leibe, dessen Dasein vielmehr schlechterdings schon die Formen der nach Außen gerichteten Vorstellung, die Formen von Raum, Zeit, Causalität voraussetzt. Vielleicht zwar läßt sich das Selbstbewußtsein mit dem Bewußtsein der Welt in Verbindung setzen. Wahrscheinlich sogar, ja nothwendig — da ja das Subject des Wollens mit dem Subject des Erkennens identisch ist. Das erste und nächste Resultat dieser Verbindung mag dann das Gefühl meines Leibes, Gefühl meiner individuellen Existenz sein. Von dem Individuum dagegen ausgehen, dem Begriffe des Selbstbewußtseins den des Individuums unterschieben, die durch die Leiblichkeit bedingten Gefühle mit dem Willen identificiren — ein roheres und verworreneres Verfahren ist nicht denkbar. Plumper ist niemals ein erstrebtes Resultat vorweggenommen worden, — das Resultat, daß der Wille das Ding an sich und die gesammte Vorstellungswelt, vom Leibe anfangend, die Erscheinung dieses Ansich sei.

Beleuchten wir die Verwirrung noch einen Augenblick an den angeblichen Aussagen der „inneren Erfahrung." Wessen innere Erfahrung bestätigt es, so fragen wir nun wieder, daß unsere Leibesactionen — nur von den willkürlichen soll zunächst die Rede sein — nur die Kehrseite, nur die identische Erscheinung unseres Wollens seien? Ich kann wollen, ohne daß eine entsprechende leibliche Bewegung hervortrete. Tritt eine solche hervor, so weiß ich zwar, daß ich die Identität derselben mit meinem Willen gewollt habe, allein mein Bewußtsein über den thatsächlichen Zusammenhang Beider sieht sich schlechterdings zu dem Verhältniß von Ursach und Wirkung zurückgewiesen. Meine Erkenntniß also von meinem Leibe wird durch das Bewußtsein jenes Gewollthabens um nichts erweitert. Die Kategorien selbst, deren Schopenhauer sich bedient, zeigen, daß eine neue Erkenntniß nirgends gewonnen ist. Denn wenn er sagt, daß Willensact und Leibesaction eben unmittelbar identisch seien und ihre scheinbare Verschiedenheit allein daraus entstehe, daß hier das Eine und Selbe in zwei verschiedenen Erkenntnißweisen, der inneren und der äußeren, wahrgenommen werde, so erinnert das doch gar zu sehr an jenes nichtssagende Quatenus, durch welches Spinoza das Verhältniß von Leib und Seele, Körper und Idee, nicht sowohl erklärte als formulirte. Wenn er sagt: die Action des Leibes ist nichts Anderes als der in die Anschauung getretene Act des Willens, so ist in diesen Worten nichts verständlich, als das in die Anschauung Treten, d. h. die Uebersetzung in das Verhältniß von Ursach und Wirkung, und hinter dieser Kategorie liegt keine Erkenntniß irgend eines Verhältnisses, sondern einzig das Wollen als solches. Wenn er endlich, um trotz Allem den Schein einer solchen Erkenntniß aufrecht zu erhalten, die Leibesaction die „Objectität" des Willens nennt so hat schon Trendelenburg in der zweiten Auflage seiner Logischen Untersuchungen auf die absichtsvolle, ja schlaue Prägung dieses Wortes aufmerksam gemacht. Die Sprache dient nicht blos dazu, Gedanken, sie dient auch dazu, Nichtgedanken zu verstecken.

Und erinnern wir uns nun nur, daß nicht blos von den willkürlichen Leibesbewegungen die Rede ist! Zum Schlüssel für die ganze Welt kann die „innere Erfahrung" nur dadurch werden, daß ihr das Geständniß abgepreßt wird, unser Leib selbst, der ganze Leib als solcher, sei die Objectität unseres Willens. Nicht etwa die Erfahrung, daß wir überhaupt Willen haben, auch nicht die nur, daß unsere spontanen Bewegungen diesen Willen objectiviren, sondern die Identität des Willens und des Leibes schlechtweg bezeichnet Schopenhauer im achtzehnten Paragraphen seines Hauptwerks als die „unmittelbarste Erkenntniß," als eine Erkenntniß, die ebendeshalb niemals bewiesen, sondern nur nachgewiesen, d. h. zum Bewußtsein erhoben werden könne, — als die „philosophische Wahrheit $\kappa\alpha\tau^{\prime}\ \dot{\varepsilon}\xi o\chi\dot{\eta}v$!" — So halsbrechend sind die ersten Schritte, die uns zu dem Ansich der Welt leiten sollen. Aber so halsbrechend sie sind —: erst ein weiterer Salto mortale bringt uns an's Ziel.

Unseren eigenen Leib nämlich, sagt Schopenhauer, erkennen wir glücklicherweise unmittelbar und innerlich, erkennen ihn als Willen. Daraus folgt — sage: folgt — daß, wenn alle übrigen Erscheinungen ebenso unmittelbar und innerlich von uns erkannt werden könnten, wir sie für eben das ansprechen müßten, was der Wille in uns ist. Es folgt, ist seine Meinung, „nach der Analogie." Wie alle Objecte der Welt, ganz wie unser Leib, einerseits Vorstellungen und darin also ihm gleichartig sind, so wird auch andererseits, wenn man ihr Dasein als Vorstellung des Subjects bei Seite setzt, das dann noch übrig Bleibende seinem inneren Wesen nach dasselbe sein, was in diesem Betracht unser Leib ist — eben das, was wir an uns Wille nennen. Es wäre — und damit haben wir Alles beisammen, was als Versuch eines Beweises jener Folgerung gelten kann — „es wäre, dies zu leugnen, der Sinn des theoretischen Egoismus, der eben dadurch alle Erscheinungen außer seinem eigenen Individuum für Phantome hält."

Als ob wir, zunächst, der Beschuldigung dieser absonderlichen Geisteskrankheit uns nicht schon dadurch entziehen könnten, wenn wir nur überhaupt der außer unserem Leibe existirenden Objectenwelt irgend einen, etwa einen uns unbekannten wesenhaften Kern zuerkennten! Warum gerade Willen? Auf Grund der Analogie? — Allein in allem Besonderen, in Allem, was nicht die allgemeinen Vorstellungsformen betrifft, in dem gerade, worauf es hier anzukommen scheint, ist mein Leib und die übrige Körperwelt in hohem Grade ungleichartig. Viel eher, in der That, möchten wir sagen, daß gerade der Wille es ist, durch den das menschliche Ich von der übrigen Welt sich unterscheidet. Freilich, wir vergäßen da, daß dieser Unterschied schon durch das Frühere wesentlich verringert, daß der Wille schlechtweg dem Leib gleichgesetzt ist und daß es sich nur noch um den mäßigen Schritt von unserem Körper zu allem übrigen Körperlichen handelt. Und dies nun wohl beachtet, — so ist die Analogie, bei Licht besehen, größer als es anfangs den Anschein hatte. Soll die Analogie entscheiden: warum nicht noch strenger nach der Analogie gefolgert? „Mein Leib ist, wie die Welt, meine, des Vorstellenden Vorstellung — die Welt ist, wie mein Leib, dem An sich nach, mein Wille, des Wollenden Wille." Nur einmal, so viel wir uns erinnern, entschlüpft unserem Philosophen diese Fichtische Wendung. Seine Meinung ist eine andere und wunderlichere, und schon der Titel seines Werkes: „Die Welt als Wille und Vorstellung" schließt somit, genau genommen, eine auffallende Incorrectheit in sich."

Gern möchten wir hinter den rechten Sinn dieser wunderlichen Meinung kommen, gern uns etwas Bestimmtes bei dem Satze denken: die Welt ist nach ihrem Ansich Wille. Und die Aufklärung bleibt nicht aus. Wir werden zunächst belehrt, daß in jenem Satze die Bezeichnung Wille nur eine denominatio a potiori sei und daß demnach der Begriff Wille in einer größeren Ausdehnung als bisher gewöhnlich gefaßt werde. Wille, wird uns gesagt, ist nur die Bezeichnung des Wesens jeder irgend strebenden und wirkenden Kraft in der Natur. Wir haben bei dem Worte Wille nicht an den vom Erkennen geleiteten Willen zu denken, sondern wir müssen das uns unmittelbar bekannte innerste Wesen eben dieses gewöhnlich so genannten Willens in Gedanken rein aussondern, es dann auf alle schwächeren, undeutlicheren Erscheinungen desselben Wesens übertragen. So die Anweisung, welche wir Br. I. S. 132 der „Welt als Wille und Vorstellung" (3. Aufl.) erhalten. Wäre es nur ebenso leicht, ihr nachzukommen! Wenn wir den Willen nehmen, wie er uns aus innerer Erfahrung bekannt und, wie Schopenhauer hinzufügt, besser bekannt ist als sonst irgend etwas, so gelingt es uns nur schwer, ihn von bestimmtem Erkennen, ganz und gar nicht, ihn von Bewußtsein zu sondern; und diesen Willen auch auf alle irgend strebenden und wirkenden Kräfte in der Natur zu übertragen — dazu möchte allenfalls ein Poet sich entschließen, nicht wir; auch träfen wir Schopenhauer's Meinung damit keinesfalls. Wiederum aber, wenn wir es anders versuchen, wenn wir von dieser geforderten Uebertragung ausgehen und also nur auf das reflectiren, was uns ohne Schwierigkeit als das Identische in dem Wesen jeder Naturkraft und in dem Wesen unseres Willens erscheint, — so gelangen wir auf den allgemeineren Begriff der Kraft; wir könnten uns entschließen, mit Faust zu schreiben: „im Anfang war die Kraft" — allein Schopenhauer's Meinung träfen wir damit ebensowenig. Seine Meinung vielmehr, d. h. der klare Kern seiner unklaren Bestimmungen (mit Recht von Trendelenburg als das πρῶτον ψεῦδος bezeichnet) ist der: wir sollen von dem Specifischen unseres Willens abstrahiren, damit es keine Schwierigkeit habe, die Identität desselben mit aller und jeder Naturkraft anzuerkennen, und sofort und gleichzeitig doch sollen wir dies Allgemeine nicht Kraft, sondern Willen nennen — damit nach Belieben nun wieder in die Naturkräfte alles Mögliche hineingedichtet werden könne, was in Wahrheit nicht sie, sondern den menschlichen Willen charakterisirt. „Ich sage, daß man nie zur Aufstellung eines Genus befugt ist, von dem man nur eine einzige Species kennt und in dessen Begriff man daher schlechterdings nichts bringen könnte, als was man von dieser einen Species entnommen hätte, daher was man vom Genus aussagte, doch immer nur von der einen Species zu verstehen sein würde; während, indem man, um das Genus zu bilden, unbefugt weggedacht hätte, was dieser Species zukommt, man vielleicht gerade die Bedingung der Möglichkeit der übrig gelassenen und als Genus hypostasirten Eigenschaften aufgehoben hätte." Das sind Worte, mit denen Schopenhauer S. 131 und 132 seiner Schrift über die beiden Grundprobleme der Ethik (1. Aufl.) gegen die Kant'sche Vorstellung von „vernünftigen Wesen schlechtweg" polemisirt. Fast genau leiden sie Anwendung auf sein eigenes Verfahren. Vielmehr, die Zweideutigkeit des Satzes, daß der Wille das Wesen der Dinge sei, ist noch um Vieles größer, die Anwendung, welche Schopenhauer von demselben macht, noch unendlich verwegener. Sie wird zum Angelpunkt seiner Naturphilosophie sowohl wie seiner Ethik. Das wechselseitige Vertauschen des generellen Begriffs der Kraft und des speciellen Begriffs Wille, dieses Beispiel mit dem Wort Wille — in Verbindung mit dem Begriff des Dings an sich — dies allein macht es ihm möglich, auf der Einen Seite den menschlichen Willen und mit ihm die ganze Ethik zu naturalisiren, auf der anderen Seite die Natur phantastisch-poetisch zu anthropomorphosiren.

Eben die Naturkräfte — um für jetzt nur bei dem Letzteren stehen zu bleiben — waren ja das, woran jede ätiologische Naturerklärung in letzter Instanz anstieß, wodurch die Physik in die Metaphysik hinübergetrieben wurde. Jetzt haben wir die Antwort der Metaphysik: der Wille ist dasjenige, was jedem Dinge, was immer es auch sein mag, die Kraft verleiht, vermöge deren es dasein und wirken kann. Nicht allein die willkürlichen Actionen thierischer Wesen, sondern auch das organische Getriebe ihres belebten Leibes, sogar die Gestalt und Beschaffenheit desselben, ferner auch die Vegetation der Pflanzen, ja, alle Gestaltung und Kraftäußerung im Unorganischen, alles Geschehen mit Einem Worte, gleichviel ob Motive oder Reize oder eigentliche Ursachen das Band der Erscheinungen sind — es ist Alles an sich und außer der Erscheinung, d. h. außer unserem Kopfe und seiner Vorstellung, identisch mit dem, was wir in uns selbst als Willen finden. Nicht blos bei'm Menschen, sondern auch bei den Naturdingen kann man daher von „Charakter" sprechen, und wenn wir unter „Natur" überhaupt das ohne Vermittelung des Intellects Wirkende, Treibende, Schaffende verstehen, so sind Natur und Wille gleichbedeutende, sich deckende Begriffe. In poetisch-lebendiger Weise wird dies nun sowohl in dem Hauptwerk wie in der kleinen Schrift „Ueber den Willen in der Natur" ausgeführt, nicht ohne das gelegentliche Eingeständniß freilich des hypothetischen Charakters dieser Anschauung, nicht ohne das Gefühl, daß es sich, nach Trendelenburg's treffendem Ausdruck, um die Durchführung einer bloßen Metapher handle. „Wenn wir" — es möge diese Stelle zugleich als Probe von der Darstellungsgabe unseres Autors dienen — „wenn wir den gewaltigen, unaufhaltsamen Drang sehen, mit dem die Gewässer der Tiefe zueilen, die Beharrlichkeit, mit welcher der Magnet sich immer wieder zum Nordpol wendet, die Sehnsucht, mit der das Eisen zu ihm fliegt, die Heftigkeit, mit welcher die Pole der Elektricität zur Wiedervereinigung streben, und welche, gerade wie die der menschlichen Wünsche, durch Hindernisse gesteigert wird; wenn wir den Krystall schnell und plötzlich anschießen sehen, mit so viel Regelmäßigkeit der Bildung, die offenbar nur eine von Erstarrung ergriffene und festgehaltene, ganz entschiedene und genau bestimmte Bestrebung nach verschiedenen Richtungen ist; wenn wir die Auswahl bemerken, mit der die Körper, durch den Zustand der Flüssigkeit in Freiheit gesetzt und den Banden der Starrheit entzogen, sich suchen und fliehen, vereinigen und trennen; wenn wir endlich ganz unmittelbar fühlen, wie eine Last, deren Streben zur Erdmasse unser Leib hemmt, auf diesen unablässig drückt und drängt, ihre einzige Bestrebung verfolgend; — so wird es uns keine große Anstrengung der Einbildungskraft kosten, selbst aus so großer Entfernung unser eigenes Wesen wiederzuerkennen, jenes Nämliche, das in uns bei'm Lichte der Erkentniß seine Zwecke verfolgt, hier aber, in den schwächsten seiner Erscheinungen, nur blind, dumpf, einseitig und unveränderlich strebt, jedoch, weil es überall Eines und das Selbe ist, — — auch hier wie dort den Namen Wille führen muß." Was Wunder, wenn diesem Manne Empedokles ein tieferer Naturphilosoph erscheint als Aristoteles, was Wunder, wenn er mit scrupelloser Phantasie auch diejenige Analogie zwischen der Natur und dem menschlichen Willen zur Bewährung seiner Ansicht verwerthet, die doch unzweifelhaft nur dann existirt, wenn man den Willen nicht als die blinde Innenseite des Intellects, sondern beide als Faden und Einschlag in der Textur unseres Geistes betrachtet? Schopenhauer beruft sich auf die Teleologie der Natur. Die ausnahmslose Zweckmäßigkeit, sagt er, die offenbare Absichtlichkeit in allen Theilen des thierischen Organismus kündigt zu deutlich an, daß hier nicht zufällig und planlos wirkende Naturkräfte, sondern ein Wille thätig gewesen ist. Er ist sofort unerschöpflich, sinnreiche Beispiele herbeizuschaffen, die teleologischen Thatsachen der organischen Natur in diesem Sinne zu deuten. Nach dem Willen jedes Thieres hat sich sein Bau gerichtet; die Gestalt des Ameisenbären verhält sich zu den Termiten wie ein Willensact zu seinem Motiv u. s. w. Eben das, woraus Andere lediglich die Vernünftigkeit der Natur, eben das dient ihm, um daraus die Willenshaftigkeit der Natur zu folgern. Die eine Folgerung, so viel wir sehen, ist so einseitig wie die andere. In der Intelligenz liegt die anticipirende Kraft, welche eine künftige Wirkung, indem sie dieselbe als eine Aufgabe für den Willen faßt, zur Ursache, d. h. zum Zweck stempelt. Nicht das willenlose Erkennen würde jemals den „causalen Gedanken," den schöpferischen Begriff erzeugt haben: aber ebensowenig der erkenntnißlose Wille eine Umkehrung der Causalitätsfolge, ein Vorwegnehmen der Wirkung. Wenn irgend etwas, so ist es der Begriff des Zweckes, der von dem innigen Zusammenhang zwischen Vernunft und Willen Zeugniß ablegt: der Ort, wo dieser Begriff entspringt, ist der, wo jene Beiden, wie die Bänder eines Gelenkes, ineinandergreifen. Der Wille, von welchem Schopenhauer redet, ist offenkundig der erkenntnißlose, der Wille vor der Geburt der Vorstellungsformen, unter der Hand dagegen der menschliche, dem der Intellect sehen hilft. Der „blinde" Wille benimmt sich als ein sehender, absichtsvoller; stillschweigend werden ihm Zwecke und mit den Zwecken Gedanken, wir müssen wohl sagen ungedachte Gedanken geliehen. In demselben Athem wird uns die Zumuthung gemacht, alle Erkenntniß von ihm ausgeschlossen und dennoch Erkenntniß, weil Absicht, in ihm latent zu denken. In diesem Widerspruch bleibt Schopenhauer mit einer bewunderswürdig harmlosen Zuversichtlichkeit hängen; in dieser Zuversicht nimmt er keinen Anstand, an und aus der Vorstellungswelt Hergänge zu beweisen, die vor der Vorstellung, in dem puren Willen, keinerlei Sinn haben.

Man sieht, die Idee eines blinden Willens mit latenten Zwecken führt zurück auf die abstracte Grundlage des ganzen Systems, auf die

Gegenüberstellung von Erscheinung und Ding an sich, und von einem neuen Gesichtspunkt aus kommt damit die ganze Haltlosigkeit dieses letzteren Begriffs zum Vorschein. Das Ding an sich nämlich, d. h. das nicht Erkennbare soll uns zugleich „intim bekannt" sein. Wir sollen von demselben eine Erkenntniß haben, — aber eine Erkenntniß völlig anderer Art als was irgend sonst Erkenntniß heißt. Wir haben dieselbe früher als das Selbstbewußtsein, aber wir müssen freilich dies Selbstbewußtsein wieder in der verschiedensten Weise beschreiben hören. Jetzt (I. 133) wird dasselbe als ein Bewußtsein charakterisirt, in welchem Jeder sein eigenes Individuum, seinem Wesen nach, unmittelbar, ohne alle Form, selbst ohne die von Subject und Object, erkennt und zugleich selbst ist, da hier das Erkennende und das Erkannte zusammenfallen. Jetzt wieder sollen wir auch im Selbstbewußtsein keine erschöpfende und adäquate Erkenntniß des Dinges an sich erhalten; was wir erfassen, ist immer nur der erscheinende, wenn auch in uns erscheinende, der vom Intellect beleuchtete Wille. Die innere Wahrnehmung, die wir von unserem eigenen Willen haben, ist doch eben Wahrnehmung, sie ist zwar frei von den Formen des Raumes und der Causalität, aber auch sie fällt in die Zeit, auch sie ist gebunden an die Form des Erkanntwerdens und Erkennens überhaupt. Im Willen, sagt Schopenhauer an der einen Stelle, trete das Ding an sich „in der allerleichtesten Verhüllung" auf — als ob nicht die leichteste Verhüllung für den Begriff des Dinges an sich gleich verhängnißvoll wäre wie die dichteste! „Blos relativ," sagt er an anderer Stelle, sei der Wille Ding an sich — als ob nicht der Begriff des Dinges an sich den Begriff des Relativen ausschlösse!

Mit anderen Worten. Wir haben das eine Mal ein Ding an sich hinter dem Ding an sich, während ein anderes Mal diese Perspective auf „Wolkenkuksheim" ziemlich barsch von dem Maschinisten dieser speculativen Weltbühne verschlossen wird. Wir sehen ihn das eine Mal, seiner eigenen Dianoiologie zuwider, mit Begriffen ohne alle Anschauung und Anschaubarkeit operiren, und hören ihn ein anderes Mal desto nachdrücklicher auf den „immanenten" Charakter seines Philosophirens pochen. Er versteigt sich jetzt wirklich zu einer Charakteristik des Willens an sich, die ein genaues Seitenstück zu der ersten seiner zwei verschiedenen Darstellungen des Selbstbewußtseins ist; er schildert ihn als die absolute Negation aller Erscheinung, nicht getroffen von der allgemeinsten Form aller Vorstellung, von dem Object für ein Subject Sein, bezeichnet ihn als untheilbar und Eins — nicht wie ein Object Eines ist, auch nicht wie ein Begriff Eines ist, sondern Eins „als das, was außer der Möglichkeit der Vielheit liegt." So jetzt; und jetzt wieder scheint er sich nur der zweiten

seiner Darstellungen des Selbstbewußtseins zu erinnern; jene ganze abstra=
Charakteristik ist vergessen; das Ding an sich oder der **Wille** scheint ein
ganz bekannter und unschuldiger, ein psychologischer **Begriff** zu sein, von
dem auch wir, von der sinnigen Anschauung des Mannes **verlockt**, zu spie=
len uns gefallen lassen mögen.

Aber hüten wir uns! Dieser Schein selbst ist durch und durch zwei=
deutig und diese Zweideutigkeit liegt tief in der Natur der Sache. Wenn
es eine Erkenntniß des Willens giebt, so ist derselbe nicht das Ding
an sich. Wenn er das Ding an sich ist, so ist er weder selbst erkennbar,
noch kann er irgend zum Schlüssel für das Verständniß der Welt werden.
So bedingt es der Begriff des Erkennens und der Begriff des Dinges
an sich. Schopenhauer fühlt das wohl. Daher seine abweichenden, sich
widersprechenden Erklärungen. Die Wahrnehmung unseres Willens ist,
wenn wir ihm glauben, die enge Pforte, durch die wir zu einem tie=
feren Aufschluß über das Wesen der Welt gelangen. Thatsächlich ist es
keine Pforte, durch die man wirklich hindurch könnte, sondern eine blinde
Thür. Wir meinen durch sie nach einem Hintergrunde hineinzublicken,
wenn wir aber genauer zusehen, so ist dieser Hintergrund die Fläche der
Wand, auf die ein Inneres nur perspectivisch gemalt ist. Diese Spiegel=
fechterei führt nun aber Schopenhauer eben vollständig durch; nur dadurch
kömmt sein philosophischer Roman zu Stande. Auf der einen Seite macht
er allen möglichen Gebrauch von der Würde, der Vornehmheit, dem Leucht=
tenden, was die Vorstellung des Dings an sich, d. h. des erschlossenen Un=
erschließbaren, des entdeckten Mysteriums der Welt, des hinter dem Vor=
hang Gelegenen mit sich führt. Auf der anderen Seite sucht er aus dem
Rest von Vorstellbarkeit, den er dem Ding an sich lassen mußte, um über=
haupt mit diesem imaginären Posten rechnen zu können, — aus diesem
Rest sucht er so viel Erkenntnißinhalt herauszuschlagen wie möglich. Diese
immer wiederkehrende Unentschiedenheit zwischen immanentem und trans=
scendentem Verhältniß von Erscheinung und Ding an sich giebt dem
System sein eigenthümlich schillerndes Aussehen. Der Mann giebt vor,
daß er mit der Hand die Schrift der Vorstellung und den Satz vom
Grunde zudecke, daß er die Urschrift des Dinges an sich nach ihrer eige=
nen geheimnißvollen Sprache verstehe und deute, — die Wahrheit ist, daß
er, durch die Finger schielend, nur die nebenstehende Uebersetzung mit
einiger Verstellung der Worte und Sätze abliest.

Denn zuerst, wenn er nun die ganze Welt die „Objectität des Wil=
lens" nennt, so kennen wir ja diese schöne Maske bereits aus dem Ver=
hältniß, das er zwischen dem Willen und dem Leibe statuirte. Es ist die
verschämte Causalität, und es gilt daher gegen jene Kategorie Alles,

was so oft, was auch von Schopenhauer gegen Kant's Anwendung des nur für Erscheinungen geltenden Causalitätsgesetzes auf die Beziehung dieser zum Ding an sich vorgebracht wird.

Die Maske, es ist wahr, wird etwas unkenntlicher dadurch, daß der Wille sich zunächst unmittelbar oder adäquat objectiviren soll. Er tritt in die Vorstellung; er will sein Vorgestelltwerden, aber er will es nur ganz im Allgemeinen; er spiegelt sich, aber in einem Spiegel, der frei ist von der Strahlenbrechung durch Raum, Zeit und Causalität. Das Bild des Willens in diesem Spiegel soll frei sein von dem Princip der Vielheit, frei von dem Satze des Grundes — es sind die Platonischen Ideen. Die Platonischen Ideen! — und so hätten wir zunächst eine Vielheit ohne das Princip der Vielheit; der Eine und untheilbare Wille hätte sich „adäquat" objectivirt und sich dennoch in eine unendliche Mannichfaltigkeit auseinandergeschlagen. Diese vielen Gattungen und Arten, diese vielen Willensacte des Einen Willens sollen ferner Stufen seiner Objectität, seines Wollens sein. Gesetzt, wir könnten uns dies Wollen, an sich genommen, ohne Causalität denken, so doch die Unterschiedenheit des Wollens nimmermehr ohne Grund. Nicht blos der Vielheit, sondern auch dem Grade nach differenziirt sich der an sich seiende Wille. In ihm selbst liegt das Princip dieser Gradation. Denn nachgewiesen zwar wird der Unterschied seiner Stufen an dem empirischen Charakter der unter jeder derselben befaßten Einzelerscheinungen, aber diese sollen ja nur die Abbilder der Ideen sein, und ursprünglich muß der Unterschied daher die Vorbilder treffen. Ausdrücklich werden die Ideen selbst als stärkere und schwächere, höhere und niedere Objectivationsstufen bezeichnet. Endlich aber, und dies ist entscheidend, während es den Widerspruch zugleich auf die Spitze treibt: diese Gradationen haben einen ganz anderen Werthmesser als den der Verstehbarkeit der Erscheinungen nach dem in der Vorstellungswelt herrschenden Gesetze des Grundes. Bewegungen auf Motive sind nach diesem Gesetze unverständlicher als Bewegungen auf Reize und diese wieder weniger durchsichtig als Bewegungen auf eigentliche Ursachen. Der stärker sich objectivirende Wille ruft die schwerer zu entziffernde Erscheinung hervor. Er selbst mithin, der grundlose Wille, trägt das Maaß, mit dem Maaße den Grund seiner Abstufungen in sich. Einen geistigen Grund. Der Wille, der, auf der höchsten seiner Stufen, den Mechanismus der Vorstellung erzeugt, der Wille, der nun nicht mehr blind, mit unfehlbarer Sicherheit wirkt, sondern sich der vernünftigen Ueberlegung, dem Wirken auf Motive überliefert, dieser Wille traut sich mehr zu. In all' seiner Blindheit, wie wir früher sahen, zweckmäßig wirkend, hat der Wille überdies die Tendenz, sehend zu werden. Er ist, so scheint es, indem er unmittelbar die Ideen, mittelbar die ganze Wirklichkeit setzt, nicht blos der Vielheit und der Causalität, sondern auch der Vernunft nicht fremd. Er ist nicht nur objectiv vernünftig, sondern er liebt auch die Vernunft, er arbeitet sich zur bewußten Vernünftigkeit empor; er ist — darin gipfelt sich der Widerspruch — am meisten Wille da, wo er bewußter Wille, d. h. wo er am wenigsten er selbst, am wenigsten Ding an sich ist. — —

Man kann sagen, daß die ganze Aesthetik und Ethik Schopenhauer's bestimmt ist, diesen Widerspruch durch neuen Widerspruch zu corrigiren. Wenn der Grundgedanke des Systems die Nichtigkeit der vom Intellect beleuchteten Welt im Vergleich zu dem an sich seienden Willen ist, so muß behauptet werden, daß der ethische Theil des Systems richtiger gedacht und durchgeführt ist als der naturphilosophische. Wenn jener Grundgedanke andererseits, die Transscendenz des Dinges an sich, ein Irrthum ist, so wird eben deshalb die Ethik in sich selbst noch irriger sein als die Naturphilosophie, noch geeigneter, die Haltlosigkeit des Fundaments an den Tag zu bringen.

Versuchen wir es nämlich einmal auf eigene Hand, von jenem Grundgedanken aus in gerader Linie, in strenger Folgerichtigkeit das System weiter zu bauen! Das Erfassen des Willens als des Ansich der Welt, so lautet das Programm. Das höchste Ziel mithin, welches diese Philosophie dem Individuum stellen kann, wird kein anderes sein können, als: auch praktisch zu diesem Ansich durchzubringen. In der weitesten Entfernung davon befindet es sich als vorstellendes, in den Formen des Satzes vom Grunde befangenes, in der Erscheinung und deren Erkenntniß versirendes Individuum. Aus dieser Erkenntniß und dem Handeln nach dieser Erkenntniß wird es daher zurückkehren müssen zu einem Zustande, der die Nichtigkeit solches Verhaltens ausdrücklich bezeugt und darstellt; sein Handeln wird nicht den in die Erscheinung eingegangenen, zur Vorstellung umgeschlagenen Willen, sondern den Willen an sich bejahen müssen; das Ziel seines Handelns kann nur Nichthandeln sein. Einmal aber, als menschliches Individuum, mit Erkenntniß begabt, wird es zu diesem Ziele nur durch Erkenntniß — durch dieselbe metaphysische Erkenntniß durchbringen können, vermöge deren auch theoretisch das Ansich ergriffen wurde. So allein wird die Ethik des Systems mit dessen Metaphysik zusammenstimmen. Das Princip der Metaphysik war das leere Nichts des nichtwollenbenden Willens: das höchste Gut wird eben dies Nichts, vermittelt durch die metaphysische Erkenntniß sein.

So einfach indeß liegt nur für uns, nicht für Schopenhauer die Sache: er hat auf einem schon zum Theil verbauten Platze weiterzubauen.

Ueber dem Versuche seiner Naturphilosophie, dem Ansich in seine Erscheinung, dem Willen in seine Offenbarungen nachzugehen, hat sich jener Grundgedanke des Systems bereits erheblich modificirt. In Folge dessen ist der Wille, der „sich ein Licht angesteckt hat," als ein höherer oder höchster dargestellt worden, und eben in dem Auftreten der Erkenntniß offenbarte sich seine höhere Vollendungsstufe. Soll nun jetzt, nach der wieder eintretenden ursprünglichen, nach der umgekehrten Ansichtsweise, diese Erkenntniß wieder als etwas zu Ueberwindendes, Nichtiges dargethan werden, so wird es einer möglichst unmerklichen Biegung, es wird gewisser vermittelnder Vorstellungen bedürfen. Zwei Hülfsbegriffe, die doch scheinen können, ganz auf dem Boden der bisherigen Auseinandersetzungen gewachsen zu sein, treten in den Vordergrund: der Begriff des „Willens zum Leben" und der Begriff der „Dienstbarkeit" des Intellects unter dem Willen. Die erstere Bezeichnung ist nichts als eine im Hinblick auf die Ethik vorgenommene Degradation des sich objectivirenden Willens, und das Recht zu ihr wird daraus entnommen, daß der Wille immer nur sich selbst in endlosem Streben wolle, daß er immer auf Selbsterhaltung gerichtet sei. Das Recht zu dem zweiten Begriff von dem dienenden Intellect liegt in den teleologischen Vorstellungen des Systems vorbereitet, nur daß der Zweckbestimmung jetzt auf einmal die Wendung einer unwürdigen Stellung des Intellects gegeben wird. Wenn der Wille das Primäre, der Intellect das Secundäre ist — welches richtigere Verhältniß könnte der Letztere einnehmen als das einer dienenden Stellung gegen den Ersteren? Aber der Wille ist eben jetzt unter dem Namen des „Willens zum Leben" ein Herr geworden, dem zu dienen weder Ehre noch Freude bringt. Also Befreiung von dieser Herrschaft. Diesem Gedanken kommt sofort auf der einen Seite die Lehre von den Ideen, auf der anderen Kant's scharfsinnige Analyse des Geschmacksurtheils, seine Auffassung der ästhetischen als der uninteressirten Betrachtung der Dinge entgegen; auch des Spinoza cognitio intuitiva ist bei der Hand — und so füllt sich die Lieblingsvorstellung Schopenhauer's, die Vorstellung von der Genialität mit psychologisch-metaphysischem Inhalt. Wunderbarer Weise sehen wir in der Genialität auf einmal den Intellect, durch die Lösung seines secundären Verhältnisses zum Willen, eine Würde erlangen, die ihn eigentlich über den Willen erhebt. Das Individuum wird zum „willenlosen Subject der Erkenntniß," d. h. in der That, es reißt sich los von dem Ansich der Welt, wird zum déserteur de l'ordre général!

Ein doppeltes Spiel, wer sieht es nicht, wird hier abermals mit dem Willen gespielt. Zuerst wird seine Willensnatur aufgeboten, um die ganze Welt aus ihm zu erzeugen; dann plötzlich wendet sich das Blatt;

sein Charakter als Ding an sich, sein hoher Titel in partibus infidelium
wird geltend gemacht, um die Welt wieder verschwinden zu lassen, um sie
zunächst in die Ideen, weiterhin in das reine Nichts aufzuheben. Auf
der ersten Hälfte des Weges, in der Naturphilosophie, wird mehr und
immer mehr latente Vernunft und endlich frei werdende Vernunft in ihr
sichtbar: auf der zweiten Hälfte des Weges wird er dieser immanenten
Vernünftigkeit und Unterschiedenheit wieder entleert, bis er zuletzt, in der
Ethik, in absolutes Dunkel zurücktritt. Und ein doppeltes Spiel wird,
dem entsprechend, mit der Erkenntniß gespielt. Erst wird an ihr die Seite
hervorgekehrt, vermöge deren sie das Princip der nichtigen Erscheinung
ist, dann die, vermöge deren doch nur sie das Mittel ist, um das Ansich
zu ergreifen und zu realisiren.

Nur Ein Schritt noch, und von der Genialität gelangen wir zur
Heiligkeit, von der intuitiven ästhetischen zu der rein metaphysischen Erkenntniß. In der Ethik hält das Schopenhauer'sche System ein letztes
Gericht über sich selbst, von dessen Verdict keine Appellation mehr
möglich ist. Von dem Willen als dem Ansich ausgehend', constatirt es
selbst, daß dieser Begriff ein sich selbst aufhebender Widerspruch und die
Lösung dieses Widerspruchs — das Nichts ist.

Unter dem Namen der intelligibeln Freiheit zwar sucht Schopenhauer zunächst noch dieses Eingeständniß zu bemänteln. Nur in der Erscheinung soll es keine Freiheit geben. Nichtsdestoweniger — so raisonnirt er im Anschluß an Kant — ist das Gefühl der moralischen Verantwortlichkeit der sichere Anzeiger, daß wir frei sind. Es bleibt also nur übrig,
daß wir an sich, jenseits der Erscheinung, in dem Einen Willen der
Welt, frei sind, frei nicht in unserem Thun (denn hier sind wir dem Gesetze der Causalität und folglich der Nothwendigkeit verfallen), sondern in
unserem Sein. Operari sequitur esse, und auf dies Esse bezieht sich
jene Verantwortlichkeit.

Es geht — beiläufig — schon auf dem Wege zu dieser Theorie
keineswegs ganz correct zu. Hier, wie hin und wieder auch sonst, spielt
unserem Philosophen die so stiefmütterlich von ihm behandelte und gleichsam apanagirte Vernunft einen Streich. Er will beweisen, daß auch
bei gedachten Motiven, nicht blos bei den die Thiere allein leitenden
anschaulichen, von Freiheit keine Rede sein könne, daß jene wie diese zuletzt mit ursächlicher Nothwendigkeit wirken. Nur darin, sagt er (Grundprobleme, erste Aufl. S. 37), bestehe der Unterschied, daß der Mensch
überlegen, d. h. daß er „mittelst seines Denkvermögens die Motive,
deren Einfluß auf seinen Willen er spürt, in beliebiger Ordnung abwechselnd und wiederholt sich vergegenwärtigen könne." In beliebiger Ord-

nung — es ist klar, daß damit wenigstens in der Region des Denkens ein wirklich freies Thun, im Widerspruch mit der behaupteten Nothwendigkeit des nachfolgenden Entschlusses, eine Spontaneität der Vernunft gesetzt ist, die mit dem „weiblichen," empfangenden Charakter dieses Vermögens in Uebereinstimmung zu bringen nicht unsere Sache ist.

Dies jedoch bei Seite — auch mit dem Zugeständniß der Realität moralischer Verantwortlichkeit wissen wir die Schopenhauer'sche Freiheitstheorie schlechterdings nicht zu reimen. Verantwortlichkeit schließt den Begriff der Schuld in sich. An etwas Schuld sein heißt: von etwas die Ursache oder doch die Mitursache sein. Sofort zwar sucht Schopenhauer dieser Folgerung durch seine Fassung des Gewissens zu entgehen. Er definirt dasselbe als das immer mehr sich füllende „Protokoll der Thaten;" denn nur durch unsere Thaten, nur durch Erfahrung lernen wir allmählich, mehr und mehr, unser Sein kennen. Schon recht; — nur daß natürlich nicht diese Bekanntschaft als solche, sondern die Billigung oder Mißbilligung, mit der dieselbe begleitet ist, das Gefallen oder Mißfallen, das wir an unserem so uns bekannt gewordenen Charakter haben, das Wesen des Gewissens ausmacht. Gefallen oder Mißfallen setzt einen Maaßstab voraus, an dem wir unseren Charakter messen. Woher kömmt uns dieser Maaßstab? Wir fühlen, daß wir sind oder nicht sind — wie wir sein könnten oder sollten. Könnten, sollten. Dies setzt eine Herrschaft über unser Sein, Herrschaft setzt Vermögen, Vermögen setzt Ursächlichkeit voraus, und immer also — das Gefühl der Verantwortlichkeit zugegeben — wird in unseren intelligibeln Charakter eine Freiheit hineingetragen, die nicht, wie Schopenhauer will, über alles Grundsein hinaus ist, sondern selbst ursächlich wirkt. Wenn sich die moralische Verantwortlichkeit nicht darauf bezieht, daß wir die freie Ursache unserer empirischen Thaten sind, so darauf, daß wir die Thäter, d. h. die freie Ursache unseres So- oder Soseins sind: dem operari sequitur esse schiebt sich ein esse sequitur operari vor. Nicht der Eine Wille und dessen Grundlosigkeit ist im Stande, diesen Knoten zu lösen; ist einzig in diesem unser Sein und unsere Freiheit, so liegen in der That, wie Herbart in seiner Recension der „Welt als Wille und Vorstellung" sich ausdrückt, „alle Individuen an einer und derselben Kette." Nur Zweierlei kann hier helfen. Entweder die Wurzeln der Individualität und folglich auch der Freiheit reichen tiefer in das Ansich hinab — und davon, daß Schopenhauer immer wieder auf diesen Gedanken hingetrieben wurde, liegen Andeutungen bei ihm selbst, so wie mehrfache Versicherungen seiner Freunde vor. Oder aber — und so offenbar forderte es die Consequenz des Systems — auch die moralische Verantwortlichkeit mußte geleugnet, sie mußte, als beruhend auf dem Satze vom Grunde, ganz in das Bereich der Erscheinung gewiesen und in letzter Instanz für einen bloßen Trug der Maja erklärt werden. Es gereicht dem Denker Schopenhauer nicht zur Ehre, daß er zu dieser Consequenz nicht vorgedrungen. Wie weit er aber davon entfernt war, zeigt das Geschwätz (I. 355 ff.), mit dem er die aus seinem Determinismus sich ergebenden praktischen Folgerungen abzulenken sich angelegen sein läßt — ein Geschwätz, das nur insofern interessant ist, weil ihm dabei abermals die Vernunft mit ihrem Charakter der Besonnenheit gut genug ist, zwischen der Freiheit, die er im wirklichen Leben doch nicht gänzlich missen mag, und der Unfreiheit, auf die seine metaphysische Freiheit hinausläuft, eine Brücke zu schlagen.

Das genaue Gegenstück nun aber dieses Freiheitsbegriffs ist der die Schopenhauer'sche Ethik abschließende Begriff der Heiligkeit: — ein nur offeneres Eingeständniß von der Leere und Nichtigkeit des Gedankens des Dinges an sich, sobald Ernst mit demselben gemacht wird. Wir befinden uns damit, wie schon gesagt, in der Fortsetzungslinie der Aesthetik. Das Bild des sich objectivirenden Willens, des Willens zum Leben, den die Naturphilosophie mit Theilnahme in seine Bewährungen hinein verfolgte, wird immer mehr grau in grau gemalt. Als es galt, den Beweis für die durchgehende Zweckmäßigkeit der Natur zu führen, da spielte der Gedanke einer in dem Einen Willen prästabilirten Harmonie, eines Sichentgegenkommens aller Erscheinungen des Willens eine Hauptrolle. Jetzt wird der entgegengesetzte Gedanke, der freilich auch in der Naturphilosophie schon aufgetretene Gedanke eines Kampfes aller Willenserscheinungen gegen einander in den Vordergrund gestellt. Nun ist Leben, das menschliche Leben vor Allem, nichts als Leiden. Nun wird der mit jener teleologischen Anschauung scheinbar unzertrennlich verbundene Optimismus für eine „ruchlose" Ansicht erklärt und statt dessen der crasseste Pessimismus proclamirt. Das bewußte Bejahen des Lebens wird sophistisch mit Bejahung des Leibes nach dessen fleischlichster Seite, die Erscheinung nicht blos mit Schein, sondern mit Schmerz und Sünde, das Princip der Individuation mit dem Princip des Egoismus gleichgesetzt. Der so nahe liegende Gedanke, daß alle Disharmonie des Einzelwillens im positiven Wollen, das ist im Bejahen des ganzen, einen großen Organismus bildenden Willens zum Leben sich lösen möge, bleibt geflissentlich in der Ferne stehen. Nur die Vernunft könnte ja hier vermitteln, — und diese leider, was auch gelegentlich zum Lobe des Stoicismus und der praktischen Vernünftigkeit gesagt werde, liegt ja auf dem Gebiete der Erscheinung und des Satzes vom Grunde. Was aber liegt denn nicht auf diesem Gebiete, und wie mithin ist es möglich, im Leben über das Leben hinauszukommen? Einzig und allein durch jene „höhere Erkenntniß" ist es möglich, das principium individuationis durchschaut! Sie wenigstens ist, wenn anders das ganze System auch nur formell zu Stande kommen soll, der unentbehrliche Standpunkt, die elastische Stelle, von der aus man sich in das An sich hinüberschwingen kann. In das Ansich? Nicht doch! Vergebens erwarten wir, daß am Schlusse des Systems als das Wort für die Lösung aller Lebenswidersprüche und Lebensschmerzen der Ausdruck: „Bejahung des Willens an sich" eintreten werde. Die Verneinung des Lebenswillens ist vielmehr Verneinung des Willens überhaupt; Verneinung ist das letzte Wort der Schopenhauer'schen Ethik; das Ansich ist eingestandenermaaßen das Nichts, und wenn nun doch noch das durch die metaphysische Erkenntniß vermittelte Ergreifen dieses Nichts als ein Act der intelligiblen Freiheit bezeichnet wird, so geht diesem Satze unmittelbar die andere Behauptung, wir wollen richtiger sagen, das Eingeständniß zur Seite, daß das Eintreten dieser Freiheit in die Erscheinung ein thatsächlicher Widerspruch sei.

So endet dieses System mit erklärtem Nihilismus und Widerspruch. Es lohnt kaum, noch darauf aufmerksam zu machen, wie dieselbe Hohlheit und Selbstauflösung in dem Begriffe des von Schopenhauer als Fundament der Moral gelehrten universellen Mitleids zu Tage kömmt, oder darauf, wie in dem schlau geprägten Ausdruck: „Quietiv des Willens — dem Zwillingsbruder der „Objectität des Willens" — nur wieder der grelle Conflict von Erscheinung und Ding an sich, von Grund und Grundlosigkeit, von ursächlicher Motivirung und nicht ursächlicher, transcendenter Freiheit versteckt werden soll. Mit Einem Wort, wir sind, je länger je mehr, in ein Gewirr von Widersprüchen, von sich gegenseitig verklagenden, vexirenden und aufreibenden Gedanken verstrickt. In der That, nur durch den Willen unseres Philosophen, durch einen völlig raisonlosen Willen besteht sein System, und es war kein übler Rath, den ihm Herbart ertheilte, durch die Verneinung dieses Willens selber einige Schritte auf dem Wege zur „Heiligkeit" zu machen. Die Selbsterkenntniß des Willens endet in dem Selbstmorde des Willens. Unsere Kritik dieses Gedankengebäudes hat so wenig wie möglich die Hebel von Außen angesetzt; durch seine eigenen Voraussetzungen hat es sich aus den Fugen gehoben, und es ist nicht zu viel gesagt, wenn wir behaupten, daß dabei kein Stein auf dem andern geblieben ist.

4.

Wie war es möglich, einem so guten Kopfe möglich, eine dergestalt sich selbst widerlegende Lehre nicht blos aufzustellen, sondern ein langes Leben hindurch festzuhalten?

Wir mögen wollen oder nicht, — diese Frage wird uns früher oder später von dem fertigen System auf dessen Entstehungsgeschichte und eben damit von dem Werke auf den Urheber, auf das Leben und die Persönlichkeit unseres Philosophen zurückweisen. Und dennoch, wir möchten diesen Schritt schlechterdings nicht eher thun, ehe wir nicht die ganze Textur und den Charakter dieser Philosophie von jedem wesentlichen, in ihr selbst liegenden Standpunkt aus überschaut haben. Nur hin und wieder, nur im Vorbeigehen haben wir bisher das Verhältniß des Schopenhauer'schen zu anderen philosophischen Systemen berührt. Unter diesen Beziehungen nach Außen ist jedoch eine dem System so wesentlich, daß sie zur Aufklärung von dessen innerer Verfassung geradezu unumgänglich ist. Denn wohl rühmt Schopenhauer, daß sein System nicht wie die Systeme Anderer aus dem „Umwenden von Begriffen fremder Philosophien," nicht, wie z. B. das Fichte'sche, aus der Lectüre der Kant'schen Kritik der Vernunft, sondern aus der Anschauung der wirklichen Welt hervorgegangen sei, allein er hat doch andererseits gerade seiner Abhängigkeit von, seiner Verwandtschaft mit Kant keinerlei Hehl. Aehnlich wie Fichte behauptet auch er, nur Kant zu Ende gedacht, Kant's Sache durchgeführt zu haben. Er erklärt die Bekanntschaft mit den Hauptschriften des großen philosophischen Reformators für die unerläßliche Vorbedingung zum Verständniß seiner eigenen Lehre. Alle anderen Denker, sei es, daß er sich mit ihnen begegnet, sei es, daß er sie kreuzt, fertigt er mit gelegentlichen Bemerkungen ab: den einzigen Kant kritisirt er, und diese Kritik wird zu einem integrirenden Bestandtheil, sie tritt als ein besonderer, ergänzender Anhang zu der Darstellung des eigenen Lehrgebäudes auf.

Wie demnach steht Schopenhauer zu Kant? Worin besteht der entscheidende Fortschritt über, worin der principielle Unterschied von Kant?

Er besteht nicht darin, daß jener die Kant'sche Lehre von der subjectiven Bedingtheit des Ganzen der Erfahrung auf den scharfen Ausdruck bringt: die ganze Welt ist Vorstellung; denn der reine Kantianismus, wie er am unverhülltesten in der ersten Auflage der Kritik der reinen Vernunft sich darstellt, wird sich mit diesem Ausdruck einverstanden erklären müssen. Weiter auch nicht darin, daß Schopenhauer die vielen Stammbegriffe des Verstandes, durch die nach Kant die Erscheinungen gesetzmäßig verknüpft und also objectiv werden, auf den einen Begriff der Causalität zurückführt; denn nicht nur, daß auch bei Kant schon diese vor allen anderen Kategorien hervortritt: diese ganze Vereinfachung wird sich uns später als eine bloße Folge anderer, viel einschneidenderer Abweichungen ergeben. Der Punkt vielmehr, in welchem alle diese Abweichungen zuletzt zusammen laufen, besteht in der Wendung, welche Schopenhauer der Lehre von dem Gegensatze von Erscheinung und Ding an sich gab. Auf diese Wendung allein bezieht es sich, wenn er die Hoffnung ausdrückt, daß man einst sagen werde, er habe das Räthsel gelöst, welches Kant aufgegeben habe. Er lasse, so formulirt Schopenhauer selbst (II. 204) das Wesentliche seines Verhältnisses zu dem großen Vorgänger, er lasse ganz und gar dessen Lehre bestehen, daß die Welt der Erfahrung bloße Erscheinung sei, aber er füge hinzu, daß sie gerade als Erscheinung die Manifestation desjenigen sei, was erscheint; mit Kant nenne er dies das Ding an sich, und Wesen und Charakter desselben müsse mithin aus der Erfahrungswelt, und zwar aus dem Stoff, nicht aus der bloßen Form der Erfahrung herauszudeuten sein. Als den „eigenthümlichsten und wichtigsten Schritt seiner Philosophie" bezeichnet er ganz übereinstimmend damit an einer späteren Stelle den von Kant als unmöglich aufgegebenen Uebergang von der Erscheinung zum Dinge an sich, und als das Neue seiner Philosophie die Lehre, daß dieses Ding an sich eben Wille sei.

Mehr jedoch. Schopenhauer sagt uns ferner auch, daß und wodurch ihm Kant zu dieser Entdeckung den Weg gewiesen. Kant's Erklärung des Problems von dem Zusammenbestehen der Freiheit und der Nothwendigkeit — die „größte aller Leistungen des menschlichen Tiefsinns" — diese Lehre macht er als den Punkt namhaft, wo seine eigene Philosophie aus der Kant'schen, „als aus ihrem Stamme hervorgehe."

Es ist vorzugsweise und zuerst in dem Abschnitt über die Antinomien, wo der Verfasser der Vernunftkritik diese Lehre entwickelt. Bei der leblosen oder blos thierisch belebten Natur, so setzt er auseinander, finden wir keinen Grund, irgend ein Vermögen uns anders als blos sinnlich bedingt zu denken. Aber anders bei'm Menschen. Der Mensch, der die ganze Natur sonst lediglich nur durch Sinne kennt, erkennt sich selbst auch durch bloßes Insichblicken — durch Apperception sagt Kant — und zwar in Handlungen und inneren Bestimmungen, die er gar nicht zum Eindruck der Sinne zählen kann; einestheils ist zwar auch der Mensch sich selbst eine Erscheinung unter Erscheinungen, ein Sinnenwesen, ein Phänomenon, anderntheils aber, nämlich in Ansehung gewisser Vermögen, ein blos intelligibler Gegenstand, ein Noumenon. Diese Vermögen sind der Verstand und vor Allem die über alles Empirische hinausstrebende Vernunft. Daß diese Vernunft nun irgendwie Causalität habe, daß — fügt der vorsichtige Mann hinzu — „wenigstens wir uns eine dergleichen an ihr vorstellen," ist aus der Stimme der Pflicht, aus dem moralischen Gesetz, dem unbedingten Soll der Vernunft klar. Innerhalb des Naturgebietes nämlich hat das Sollen ganz und gar keine Bedeutung; Sollen bezeichnet eine mögliche Handlung, davon der Grund nichts Anderes als ein Begriff ist, während von einer bloßen Naturhandlung der Grund jederzeit eine Erscheinung sein muß. Zum Wollen überhaupt werden mich die mannichfaltigsten Naturgründe antreiben, wie denn auch der Erfolg meines Wollens, die Handlung als solche durchaus der Herrschaft von Naturbedingungen anheimfällt: aber jenem mannichfach bedingten Wollen setzt allererst die Vernunft mit dem von ihr ausgesprochenen Sollen „Maaß und Ziel, ja Verbot und Ansehen entgegen." Ist es aber so, so werden wir an jedem Menschen einen zwiefachen Charakter unterscheiden müssen, einen empirischen, der ihm als Sinnenwesen, einen intelligiblen, der ihm als Ding an sich zukömmt. Das Wirken der Vernunft, sofern es in die Erscheinungswelt hinübergreift, wird an das Naturgesetz von Ursach und Wirkung, an deren zeitliche Folge und unbeendliche Kette gebunden sein: die menschlichen Handlungen werden, sofern wir sie ihrem Ursprung nach erklären wollen, auf ein empirisches Causalitätsgesetz, einen empirischen Charakter zurückgeführt werden müssen, aus dem sie mit Nothwendigkeit abfließen. Diesem empirischen Charakter jedoch liegt ein intelligibler zu Grunde. Nur das sinnliche Schema des Letzteren ist der Erstere. Etwas Anderes ist es, die menschlichen Handlungen nach ihrem Ursprung erklären, etwas Anderes, sich selbst bewußt werden, wie wir sie erzeugen und sie demgemäß mit der Vernunft in praktischer Absicht vergleichen. Thun wir das Letztere, so finden wir — eben in uns selbst — eine ganz andere Regel und Ordnung als die Naturordnung ist; die reine Vernunft ist über die Zeitform und die Bedingungen der Zeitfolge hinaus, ihre Causalität muß als Freiheit, d. h. als ein positives Vermögen absoluten, zeitlosen Anfangens vorgestellt werden.

Ueber den Sinn so wenig wie über die Victive dieser Kant'schen Lehre kann, zumal wenn man die betreffenden Ausführungen in der Kritik der praktischen Vernunft gegenwärtig hat, der mindeste Zweifel obwalten. Zur Rettung der menschlichen Freiheit, im moralischen Interesse und aus moralischen Erwägungen heraus ist sie aufgestellt. Vom Begriff der sittlichen Verantwortlichkeit kömmt Kant auf den Begriff der sittlichen Freiheit. Vor dem Forum der Vernunft werden wir jener Verantwortlichkeit inne: eben in der Vernunft muß eine Causalität durch Freiheit wurzeln. Nur formell ist der Ausgangspunkt seiner Deductionen die allgemeine Unterscheidung von Erscheinung und Ding an sich: der wahre Sachverhalt ist, daß er diese Unterscheidung nur benutzt, um für die menschliche Freiheit einen Platz ausfindig zu machen. Mehr als das. Wenn Kant nur an dieser Stelle oder doch nur im praktischen Theil seines Systems von jener sonst so problematischen und vexatorischen Unterscheidung eine ernstliche Anwendung macht, indem er sie auf den Menschen überträgt, so erschöpft sich im Grunde auch die Bedeutung derselben in dieser Einen Anwendung. Das Ding an sich, wie und bei welchen Gelegenheiten er auch sonst davon rede, bekömmt einen realen Werth und tritt positiv in Geltung einzig und allein in praktischer Absicht. Nur in der Vernunft, in unserer Vernunft manifestirt sich das Ding an sich. Nur als praktische Freiheit, als Freiheit vernünftiger Wesen bricht es leuchtend durch. Nur wollend, und zwar im vernunftbeherrschten, sittlichen Wollen überzeugen wir uns von seiner Realität.

Gern gewiß bewundern wir mit Schopenhauer den Tiefsinn dieser Kant'schen Lehre, aber wir würden dieser Bewunderung uns unwürdig zeigen, wenn wir sie nicht mit Respect vor der scheidenden Gewissenhaftigkeit, vor der Sorgfalt und Genauigkeit des unvergleichlichen Mannes verbänden.

In zwei Punkten knüpft Schopenhauer an Kant an, um in beiden unkritisch über ihn hinauszugehen. Auch er geht von der Apperception unserer selbst aus und auch er wendet sich dabei zu der praktischen Seite unseres Wesens hinüber. Der Satz, den er als einen Zusatz zu der Kant'schen Lehre bezeichnet, daß „wir nicht blos das erkennende Subject sind, sondern andrerseits auch selbst zu den erkennenden Wesen gehören, selbst das Ding an sich sind," dieser Satz könnte noch als ein Kant'scher erscheinen, außer sofern er bereits auf ein theoretisches Ergründen des Dings an sich lossteuert. Die ganze Differenz jedoch tritt im weiteren Fortgange hervor. Wir finden uns im vernünftigen und freien Willen als Ding an sich, so sagt Kant: wir finden uns im Willen als Ding an sich, so sagt Schopenhauer. Dort Vernunft und Freiheit, ein verantwortungsvolles Vermögen der Selbstbestimmung, hier der vernunftlose, blinde Wille, jene Nominalfreiheit, die nur Freiheit vom Satze des Grundes ist: — es ist eine gründliche Verschiebung, ja, eine völlige Verkehrung der Kant'schen Anschauung. Nur in dieser Verkehrung freilich konnte sie unser Kantianer zu jener kühnen Folgerung verwerthen, deren er sich als eines ferneren Schrittes über die Entdeckung des Meisters hinaus rühmt, — zu der Uebertragung dessen, „was Kant von der Erscheinung des Menschen und seines Thuns lehrt, auf alle Erscheinungen in der Natur." Ausdrücklich, wohlgemerkt, spricht Schopenhauer von einer Erweiterung, einer Ausdehnung der Kant'schen Lehre, und wir haben uns früher die Leichtfertigkeiten klar gemacht, die dabei die Stelle des Beweises vertreten. Wollte man versuchen, das Recht dazu in Kant's Lehre selbst aufzudecken, so könnte ein solches höchstens auf denjenigen Seiten der Kritik der reinen Vernunft gefunden werden, wo Kant zunächst das Problem der Vereinbarkeit von Freiheit und Naturnothwendigkeit „im

Allgemeinen und ganz abstract" vorträgt. Demgemäß behauptet z. B. Kuno Fischer wirklich, daß die Lehre von dem zwiefachen Charakter schon in Kant's Sinne „als kosmologisches Problem von allen Erscheinungen gelte." Als Problem immerhin, — aber mit nichten die Lösung des Problems. Auf's Bestimmteste beschränkt Kant die intelligible Freiheit auf den Menschen oder doch auf die „vernünftigen Wesen;" er exponirt in concreto das Problem einzig und allein in Beziehung auf den Menschen; er gründet seine Lösung ganz und gar auf die Entdeckung, daß wir in uns das Vermögen selbstthätiger Vernunft, absoluter Spontaneität haben. Kant geht keinen Schritt über das hinaus, was er eben im Bewußtsein des vernünftigen Wesens von sich selbst findet: Schopenhauer verfälscht zunächst diesen Fund und er dehnt zweitens das Gefundene auch dahin aus, wo es eben nicht gefunden werden, wo nur die Phantasie es hineinlegen kann.

Zwar — diese unkritische Erweiterung wird vielleicht durch etwas Anderes gut gemacht. Kant nämlich, indem er seine Lehre vom intelligiblen Charakter aufstellt, leiht ja dem Ding an sich Causalität, und Causalität hat doch nur Anwendung im Gebiete der Erscheinung. Es ist bekannt, wie oft und wie früh dieser Einwand gegen Kant erhoben worden ist, nicht blos in Beziehung auf diese, sondern auch auf die andere Lehre, daß das Ding an sich, als Substrat der Empfindung, der Sinnlichkeit den Anstoß gebe und also doch unleugbar die „Ursache" werde, die Dinge in Raum und Zeit zu fassen. Auch Schopenhauer erhebt den Einwand, und wiederholt rühmt er sich, daß derselbe, in Folge der von ihm gründlich vollzogenen Trennung von Wille und Vorstellung, auf seine Lehre keine Anwendung erleide.

Die Wahrheit ist: der Einwand trifft Kant, zumal in Beziehung auf dessen Freiheitslehre, um Vieles weniger als Schopenhauer.

Er trifft Kant gerade deshalb nicht, weil dieser, indem er der Vernunft eine intelligible Ursächlichkeit zuschreibt, nicht etwa das Ding an sich überhaupt, sondern nur einen Punkt der übersinnlichen Welt erkannt haben will. Oder nein! auch dieser Punkt soll nicht sowohl erkannt, sondern es soll nur ein, eingeständlich unzureichender und nach bloßer Analogie gültiger Ausdruck für dasjenige gewonnen sein, dessen wir uns im Handeln nach dem Sittengesetze mit einer anderen zwar, aber nicht minder zwingenden Gewalt bewußt werden als diejenige ist, die unser Verstandeserkennen begleitet. Ganz gewiß ist diese Unterscheidung eines Erkennens schlechtweg und eines Erkennens in praktischer Absicht zu subtil und, genauer besehen, nicht stichhaltig: allein immerhin bleibt der reale Sinn jener „intelligiblen Causalität" beständig unter der Controle unseres moralischen Bewußtseins, während die Grundlosigkeit des menschlichen

Willens, welche Schopenhauer lehrt und das angeblich in allen Dingen der Natur sich objectivirende universelle Wollen schlechterdings jeder Controlle sich entzieht. Gerade Schopenhauer, indem er die Natur aus diesem Wollen heraus deuten will, macht das Ding an sich thatsächlich, wenn auch pseudonym, causal. Von allen solchen Deutungsversuchen fern, constatirt Kant im Grunde einzig die Thatsache, daß das vernünftige Wesen seinen Charakter sich selbst verschafft, daß die Vernunft, laut unbestreitbaren Selbstzeugnisses, ein Vermögen des von selbst Anfangens besitzt. Von dem Schopenhauer'schen Naturwillen kann eben nur dieselbe Phantasie, die ihn geschaffen, die Causalität im gewöhnlichen Sinne des Wortes fern halten: von dem Willen, der der unsrige und mit der Vernunft identisch ist, haben wir, vor aller Anwendung der Kategorie der Causalität die Gewißheit, daß er eine der Causalität analoge Macht ist.

Ewig, es ist wahr, wird der Geist Kant's mit seinem Buchstaben im Streite liegen, aber derjenige, sicher, ist nicht der Erbe seines Geistes, der aus dem höchstgelegenen Punkte der Kant'schen Philosophie Vernunft und Freiheit entfernt, um danach denselben zu vermeintlich tieferen theoretischen Aufschlüssen über das verborgene Innere der Welt zu benutzen. Nicht Schopenhauer, sondern Kant hat scharf und gründlich die Grenzen zwischen dem Theoretischen und dem Praktischen gezogen, und wenn freilich dieser Scheidung gegenüber die Forderung der Wiedervereinigung bestehen bleibt, so liegen doch auch dazu schon bei Kant die Keime bereit. Zur Wiedervereinigung, aber nicht zur Verwirrung. Kant's praktische Philosophie und insbesondere seine Lehre von der intelligiblen Freiheit ist allerdings der Ort, von dem aus man sich über den innersten Sinn und die Tragweite seiner ganzen Philosophie zu orientiren hat. Dann jedoch wird man inne, daß diese Philosophie, weit entfernt, ein Spielen mit dem Begriff Willen zu begünstigen, vielmehr durch und durch eine Philosophie der Freiheit ist und daß in der von selbst anfangenden Vernunft der Geist sich nur in eminenter Weise als das bewährt, was er eigentlich immer und überall ist — was er auch da ist, wo er durch Zeit und Raum und durch die apriorischen Verstandesformen sich theoretisch in den Besitz der Welt setzt. Von diesem Gesichtspunkt aus, bei einem Gange durch die Kant'sche Philosophie, der, in umgekehrter Richtung als der von Kant selbst eingeschlagenen, von dem Ethischen aus zur Beleuchtung des Erkenntnißgebietes führte, würde unter Anderem auch der Schein einer unrechtmäßigen Anwendung des Causalitätsbegriffs auf den „intelligiblen Charakter" vollends sich auflösen. Man weiß, und es ist im Früheren auch von uns schon andeutend zur Sprache gebracht, wie nahe Fichte einer solchen Umbildung der Kant'schen Philosophie kam, wenn er jenes

Soll der Vernunft, das für Kant nur ein Punkt des noumenischen Gebiets war, für das ganze, für das einzig Ansichseiende in allen Erscheinungen erklärte. Wie viel besser verstand doch der Verfasser der Wissenschaftslehre den Meister als der Verfasser der Welt als Wille und Vorstellung! Von dem ethischen Höhepunkte des Kriticismus wendet sich jener zu einer ganz und gar praktischen, dieser zu einer phantastischen Deutung der Welt, wird jener vom Philosophen zum Redner, dieser zum Poeten. Um Alles zu sagen: die Schopenhauer'sche Auslegung und Fortbildung der „tiefsinnigsten aller Kant'schen Lehren" schließt eine **Vernichtung ihrer kritischen Grundlage, eine Entwerthung ihrer ethischen Bedeutung, eine Depotenzirung von Freiheit und Vernunft in sich**.

Im engsten Zusammenhang damit steht nun aber der wunderliche Versuch Schopenhauer's, den transscendentalen Idealismus der deutschen Philosophie mit dem englisch-französischen Empirismus, Kant mit Locke und Cabanis in ein Verhältniß ergänzender Gegenseitigkeit zu bringen. Es ist der pikanteste, es ist einer der aufklärendsten und am meisten charakteristischen Züge an der Physiognomie dieser abenteuerlichen Weltanschauung.

Es sei nämlich, so müssen wir sehr bald hören, eine Einseitigkeit der Kant'schen Philosophie, daß dieselbe den „naturhistorischen Gesichtspunkt für den Intellect gänzlich ignorirt habe." Die ganze Welt ist etwas lediglich Ideelles, sie existirt blos als Vorstellung — so lehrt die Transscendentalphilosophie. Die Vorstellung — so hinwiederum lehrt die naturalistische, die physiologische Theorie der Franzosen — ist nichts weiter als die Function eines Eingeweides, jener Breimasse, die man das Gehirn nennt. Beide Ansichten, sagt Schopenhauer, haben Recht; es handelt sich nur darum, jede in die andere hinein fortzusetzen. Stellen wir uns auf den Standpunkt, welcher die Welt als eine objectiv gegebene nimmt, so sehen wir, wie die Natur, in ihren Bildungen sich höher und höher steigernd, am Ende den thierischen, den menschlichen Organismus, und, als eine „Efflorescenz" desselben, das Gehirn erzeugt. Durch die Functionirung des Gehirns sofort ist die objective Welt, ist sowohl das Bewußtsein anderer Dinge wie das Selbstbewußtsein bedingt; nur durch das Gehirn selbst mithin — ist der Leib des Individuums als reales Object und mit diesem das Gehirn gesetzt!

Naiver sind wohl niemals zwei sich gegenseitig aufhebende Ansichten „versöhnt," das will sagen aneinandergeschweißt worden. Die Lehre von der Welt als Vorstellung schließt jede ursächliche Erklärung, die hinter die Vorstellung zurückginge, aus: nichtsdestoweniger wird uns hier ausdrücklich eine Einsicht in die von Kant unbeachtete „Genesis" des Bewußt-

Seins angeboten. Der Sinn von Kant's transscendentaler Aesthetik und **Analytik** ist der, daß die Bedingungen der Möglichkeit der Erfahrung vor **der** Erfahrung nachgewiesen werden: nichtsdestoweniger werden diese Bedingungen hier, in einem handgreiflichen Cirkel, rückwärts wieder in der **durch** sie bedingten Erfahrung aufgesucht. Es ist im zweiten Bande **der** Parerga, daß Schopenhauer dieses Beginnen durch die Bemerkung zu rechtfertigen sucht, daß ein voraussetzungsloses Verfahren in der Philosophie, wie überall, unmöglich sei und daß es sich daher allemal darum handle, ein solches einstweilen als gegeben Genommenes nachträglich wieder zu compensiren. Eine an sich gewiß richtige Bemerkung, — und so rechtfertigt sich in der That die relative „Willkürlichkeit" des Kant'schen Ausgangspunktes durch den nachträglichen Beweis, daß die Erfahrung durch die Data der Erfahrung eben nicht erklärt werden könne. Behauptungen dagegen, von denen die eine die andere aufhebt, leisten einander den Dienst gegenseitiger Rechtfertigung nur insofern, als sie sich gefallen lassen, nach wie vor absolute Willkürlichkeiten zu sein. Schopenhauer hat die Wahl, seinen zwiefachen Standpunkt für eine zwiefache absolute Willkürlichkeit oder seinen Wechselbeweis für ein classisches Muster eines circulus vitiosus angesprochen zu sehen.

Es müßte denn sein, daß ein Umstand ihn rettete, — der Umstand, daß er ja der rein naturalistischen Erklärung eine wieder ideologische unterschiebt, daß er die transscendentale und die physiologische durch die ihm ganz eigene metaphysische in einander überführt. Ein Schein, der doch unmittelbar in nichts zerrinnt. Denn es sei so; in letzter Instanz soll nicht das Gehirn, sondern der Wille die Vorstellung erzeugen. Wie erzeugt er sie denn? Er erzeugt sie nur in sofern — wir berufen uns vorzugsweise auf Bd. II. S. 310 — sofern er zunächst Vielheit und Individuation erzeugt hat; denn nur an der Individuation hängt das Bedürfniß der Erkenntniß; zur Befriedigung dieses Bedürfnisses schafft der Wille das Gehirn mit der demselben eigenthümlichen Function. Das Erkennen also soll durch die Individuation nothwendig werden: aber die Individuation wieder wird erst möglich durch Zeit und Raum, also durch die Formen des Erkennens! Wir sind in einen anderen, keineswegs in einen verständlicheren Cirkel hineingeworfen. Denn nicht der Wille, sondern, genau genommen, der Intellect erzeugt nach dieser Darstellung den Intellect. Wenn aber ja der Wille, so doch nur durch das Zwischenglied der rein physiologischen Erklärung, in welcher Rücksicht Schopenhauer ganz richtig sagt, daß der Intellect nicht eigentlich das Secundäre, sondern ein Tertiäres zum Willen sei. Wir müssen ohne Einrede schon zugegeben haben, daß alles Bilden und Treiben der Natur einfach identisch ist mit

Willen, um uns deduciren zu laffen, daß der Wille sich zum Werkzeug seiner Zwecke den Intellect schaffe. Und nur scheinbar also ruft Schopenhauer die Physik wegen ihrer Ansprüche auf absolutes Erklären zur Ordnung, denn in Wahrheit macht er den Willen nur dadurch zu einem Erklärenden, daß er ihn zu etwas rein Physikalischem macht. Nicht zum ersten Mal, aber hier vielleicht am deutlichsten erkennen wir, daß der eigentliche Kern seiner Willensmetaphysik nichts Anderes als Naturalismus ist. Er weiß sich mit dieser Metaphysik, die ganz seine Erfindung ist, mehr als mit der von Kant herübergenommenen Lehre, daß die Welt Vorstellung ist; das will sagen: er ist mehr Naturalist als Idealist. Wie wir eben sahen, daß er die ethische Tiefe der Kant'schen Philosophie zuschüttet, so sehen wir jetzt, daß er auch den Sinn und Werth des Transscendentalen, trotz der scharf zugespitzten Formulirung desselben, vernichtet.

Was Wunder, wenn die ganze Erkenntnißlehre des Mannes von diesem unechten, naturalistischen Idealismus die Spuren trägt? Auch Kant zwar weiß, daß er den Sensualismus Locke's nur widerlegt, indem er den Subjectivismus desselben in gewissem Sinne weiterführt. Unserem Kantianer dagegen, in dessen Kritik der Vernunft überall statt „Erkenntnißvermögen" die Variante „das Gehirn," wenigstens am Rande steht, erscheint Kant einfach und in jeder Beziehung als Fortsetzer Locke's: dieser hat die Kritik der Sinnesfunctionen, jener überdies die schwierigere der Gehirnfunctionen geliefert, jener den Antheil, den die Sinnesnerven an der Erscheinung haben, dieser überdies den des Gehirns von dem Ding an sich abgezogen. Er selbst, Schopenhauer, hat die Gedanken beider Denker abschließend summirt, und wie er diese Beiden auf Ein Niveau stellt, so kann er seine eigene Lehre, die Welt ist Vorstellung, gleichwerthig finden mit dem Verkeleh'schen Pseudoidealismus, mit der bloßen Verinnerbigung der Dinge. Die Consequenzen einer solchen Anschauung können nicht ausbleiben. Abwechselnd tritt er bald auf den Locke'schen, bald auf den Kant'schen Standpunkt. Ganz nach der Theorie des Sensualismus stellt er (Ueber die vierfache Wurzel, 2. Aufl. S. 57) den Anfang des Erkenntnißprocesses zunächst so dar, daß die Dinge einen Eindruck auf unsere Sinnesorgane hervorbringen. Aus der Empfindung schafft dann der Verstand mittelst Zeit, Raum und Causalität ein anschauliches Object, und nun wieder ist es das so gemachte Object, welches das Machen des Objects ermöglicht. Wie Fichte diesem Cirkel entging, indem er ihn auf den Punkt des in und auf sich selbst wirkenden Ich zusammenzog, ist bekannt. Aber nicht so Schopenhauer. Er sucht ihn nur abermals durch die Citation seines metaphysischen Geistes, des Willens zu durchbrechen — nur schade, daß sich derselbe auch hier alsbald als ein sehr körperlicher Geist, als das Qualitative an allem Sein, als ein bloßer Name für das Physikalische verräth. Wie aber am Anfang, so am Ende des Erkenntnißprocesses, in der Lehre von der Vernunft und den Begriffen. Es wird Mehreren so ergehen wie Herbart. Wenn Schopenhauer schon in der Kant'schen Aesthetik und Analytik eine „heillose Vermischung von Denken und Anschauung" findet, von der dann alle seine Fehler nur die Folge seien, so wird man diesen Vorwurf zunächst nicht verstehen. Denn wie sorglos auch Kant im Gebrauche des Wortes Anschauung ist — seine Meinung ist sehr deutlich die, daß die wirkliche Anschauung eines Gegenstandes das Resultat des Zusammenwirkens von Empfindung, den Formen reiner Sinnlichkeit und den Kategorien des Verstandes ist, und diese Meinung differirt im Ganzen und Großen keineswegs von der Meinung Schopenhauer's, der ja auch seinerseits die Anschauung nur durch Mitwirkung des Verstandes zu Stande kommen läßt und demgemäß ausdrücklich ihre Intellectualität behauptet. Der Sinn des Vorwurfs wird erst deutlich, wenn man zu dem Capitel von der Vernunft fortgeht. Sofort nämlich behandelt Schopenhauer die zunächst transcendental von ihm erklärte Anschauung wie als ob sie nicht sowohl ein Apriorisches, als vielmehr ein Aposteriorisches, nicht sowohl ein Gemachtes als ein Gegebenes wäre, — er macht sich selbst der heillosesten Verwirrung von Idealismus und Empirismus schuldig. Die angebliche Verwirrung Kant's besteht, näher zugesehen, darin, daß bei ihm der Verstand (und ebendeshalb die transcendentale Ansicht) nicht in der Hervorbringung der anschaulichen Welt erlischt, sondern, über die Gebundenheit an die Sinnlichkeit hinausstrebend, sich als Vernunft, erst theoretisch, dann praktisch auf die Ideen richtet. Bei Kant, um es anders zu sagen, ist die Reihe der apriorischen Thaten des Geistes erst mit dem Soll der praktischen Vernunft geschlossen, so wie umgekehrt die Wurzel der praktischen Freiheit bis zu den ersten Bewährungen der Selbständigkeit des Geistes, bis zu den reinen Anschauungsformen Raum und Zeit zurückreicht. Wie sollte derjenige freilich dieses tiefe Hindurchwirken des Freiheitsgedankens durch den ganzen Bau der Kant'schen Philosophie zu würdigen wissen, der diesen Freiheitsgedanken selbst da, wo er offen als der Gedanke vernünftiger Sittlichkeit hervortrat, in sein Gegentheil verkehrte? An der Schopenhauer'schen Lehre von der Vernunft spiegelt sich nur seine Abwendung von dem Kant'schen Ethicismus. Er zieht hinter der Deduction der anschaulichen Welt einen Strich, um demnächst die gesammte abstracte Erkenntniß auf gut anglikanische Weise als einen bloßen Reflex der anschaulichen zu erklären. Wir haben nun hier natürlich keine Kritik des Sensualismus zu schreiben. Wir constatiren nur, daß diese

mmte Trennung ven anschaulicher und abstracter Erkenntniß nichts Anderes us ein Rückfall in die sensualistische Erkenntnißtheorie ist, wobei das
intuitive Wesen der Begriffe, ihre Allgemeinheit und Nothwendigkeit völlig
unerklärt bleibt. Mit diesem willkürlichen Abbrechen des Transscendentale
hängt dann ziemlich Alles zusammen, was Schopenhauer zur Kritik der
Kant'schen Philosophie beibringt. Darum ist ihm die Lehre vom transscendentalen Schematismus eine bloße Spiegelfechterei und die praktische
Vernunft eine Chimäre; darum erklärt er die Kant'schen Kategorien mit
Ausnahme der Caufalität für einen überflüssigen Luxus und sucht er sie
als bloße Schemen darzustellen, die ihren Ursprung theils in der bloßen
logischen Form der Vernunft, theils in dem Conflict zwischen intuitiver
und abstracter Erkenntniß haben. Er sinkt geradezu auf den Standpunkt
des Herder'schen Verständnisses der Vernunftkritik herab, ja, er steigt noch
eine Stufe tiefer herab, wenn er doch, unter beständiger Berufung auf
die Engländer, die Worte für bloße Zeichen der Begriffe erklärt, wenn
er über Wesen und Natur der Letzteren die beste Auseinandersetzung bei
Thomas Reid gefunden haben will. Wie dann freilich mit dieser psychologisch empirischen Erkenntnißtheorie seine transscendente Metaphysik in
Einklang zu bringen sei — vor dieser Aufgabe stehen wir völlig rathlos.
Auf der einen Seite unter Kant zurücksinkend, überschreitet er ihn auf
der anderen Seite in der phantastischesten Weise. In der Ideenlehre kommt
dieser Widerstreit der auseinanderstrebenden Richtungen seines Philosophirens auf's Grellste zum Vorschein. Denn psychologisch empirisch erklärt er jetzt die Ideen für Repräsentanten der Begriffe, die durch die
Vereinigung von Vernunft und Phantasie möglich werden (Welt als W.
und V. I. 48 vgl. Vierf. Wurzel, S. 127) — jetzt wieder, auf der Höhe
seiner Metaphysik, sind sie ihm das Ding an sich oder der Wille in ade-
quater Objectität, und das Individuum erfaßt sie, indem es sich zum
„reinen Subject des Erkennens" verwandelt, indem es sich in jenen elementaren Charakter zurückzieht, welcher allen Formen und Functionen
von Vernunft, Verstand und Sinnlichkeit voraufliegen soll!

Und sollen wir nun, nachdem wir überall schon auf den Zusammenhang der Schopenhauer'schen Metaphysik und Erkenntnißlehre mit seinen
ethischen Anschauungen hingewiesen haben, — sollen wir nun noch einmal
einen besonderen Gang auch durch seine Ethik machen? Die Beschaffenheit derselben entspricht durchaus dem zweideutigen und gemischten Charakter jener anderen Disciplinen. In der Metaphysik und Naturphilosophie Phantast mit naturalistischem Hintergrund, in der Erkenntnißlehre
Idealist mit sensualistischem Zuschlag, ist unser Philosoph in der Ethik
Empiriker mit mystischem Ausgang. So sehr in der That weicht er min-

gends aus den Spuren Kant's, so sehr, so principiell steht er nirgends auf empirischer Grundlage als in seiner Lehre von dem Wesen der Sittlichkeit und des Rechts. Wie könnte es auch anders sein bei einer Philosophie, deren höchster Begriff jener Wille ist, der zu seinem Kern und Körper die Natur hat, der sich im Individuum — im geraden Gegensatz zu Kant's blutlosem Wollen — am unmittelbarsten im Blute objectiviren soll? Bei einer Philosophie, nach welcher auch das vernünftige Denken, das bei'm Menschen zwischen Willen und Handeln tritt, der bloße Nachklang eines „irgendwann und irgendwo erhaltenen Eindrucks von außen" ist? Hobbes, Hume, Priestley und Voltaire sind die Autoritäten, auf die er sich für seinen eigenen Determinismus beruft, und von Kant schwankt er zu Hobbes auch in seiner Lehre vom Staate hinüber. Die Stellen, in denen er die Schlechtigkeit der Menschen und den Jammer des Lebens ausmalt, sind klassisch für den Standpunkt des skeptischen Empirikers. Reich an glücklichen Gewahrungen und geistreichen Betrachtungen ist der Abschnitt in den Parergis, in welchem er, von aller Metaphysik geflissentlich absehend, eine Anweisung zu der Kunst, das Leben glücklich und angenehm zu führen, eine Eudämonologie entwirft — so etwa wie Parmenides neben der Lehre von dem Einen Sein eine ionisirende Physik. Noch auf dem Uebergange aber zu der metaphysischen Reconstruction einer idealen Ethik bleibt er im Empirismus hängen, wenn er doch das sympathische Gefühl des Mitleids für das Fundament aller Tugend erklärt. Nur ein jäher Sprung, ein Sprung der Verzweiflung gleichsam trägt ihn endlich in jene inhaltslose Mystik hinüber, deren Oede er durch die Bilder christlicher Heiligen und schöner Seelen nicht so sehr zu verstecken im Stande ist, als er sie durch den Hinweis auf das indische Büßerwesen offenbar macht.

Wie weit — noch einmal — sind wir durch das Alles von dem Geiste Kant's verschlagen! Statt des nüchternen Interesse's Kant's an der Frage: wie sind synthetische Urtheile a priori möglich, drängt sich das phantastische Interesse in den Vordergrund, die Welt als eine geträumte, ja, als eine verzauberte vorzustellen — es ist das Interesse, welches ein Kind hat, wenn ihm der Zeichner eine Gegend aus der Vogelperspective, der Naturforscher einen Gegenstand durch ein optisches Glas zeigt. Wie im Theoretischen, so im Praktischen. An die Stelle des Kant'schen Rationalismus tritt ein quietistischer Mysticismus, der strenge Pflichtbegriff Kant's verwandelt sich in die Lehre von der Kasteiung und Ertödtung des Leibes, die sittliche Arbeit in dumpfe Willenslosigkeit, der Fortschritt der Geschichte in eine Kreisbewegung, deren Centrum das Nichts ist. In diese phantastisch-mystische Umdeutung des Kriticismus aber mischt sich immerfort die gewöhnlichste, ja gemeinste Ansicht von Welt und Leben, und gerade aus dieser Mischung erwächst die romanhafte Abenteuerlichkeit, die blendende Paradoxie des in allen Farben spielenden Systems. Nun erst werden die trockenen und abstracten Grübeleien des alten Kant nicht blos verständlich, sondern unterhaltend, wenn uns z. B. die Einsicht, daß Raum und Zeit und die durch diese gesetzte Vielheit bloße Formen unserer Anschauung sind, durch die grenzenlose, gegen das Einzelne gleichgültige Verschwendung bewiesen wird, mit der die Natur ihre wunderbaren und kunstvollen Erzeugnisse schafft und wieder zerstört. Dieser Mann hat den Muth, den Humor Jean Paul's ernst zu nehmen. „In diesem Dinge, das nicht größer ist als ein Kohlkopf und welches gelegentlich der Scharfrichter abschlägt," findet sich die ganze Welt, finde ich selbst mich, darin herumspazierend! Mit dem Hiebe des Scharfrichters wäre diese ganze Welt weg — „wucherten nicht jene Dinge wie die Pilze, so daß ihrer stets genug sind, die in's Nichts versinkende Welt wieder aufzufangen, so daß sie von ihnen stets, wie ein Ball, im Schweben erhalten wird." Jene geologischen Vorgänge vor dem Entstehen einer Thierwelt, wie sie durch die Beobachtungen und Schlüsse der Naturwissenschaft nachgewiesen sind — sie haben, da sie ja vor der Existenz eines Bewußtseins vor sich gingen, gar kein Dasein an sich gehabt, ihr Dagewesensein ist ein blos hypothetisches! Betrachtungen wie diese, welche — um mit Schelling zu reden — „in eine clavis Fichtiana seu Leibgeberiana gehören" werden unserem Philosophen nicht etwa zum Beweise gegen, sondern sie dienen ihm im Gegentheil zur grellen Veranschaulichung des transscendentalen Idealismus. Noch zauberhaftere Effecte aber vollends weiß er zu erzielen, wenn er das geheimnißvolle Licht seines Dinges an sich in der Laterna magica aufsteckt, mittelst deren er uns die Welt zeigt. Ein Schüler der Stoa, wo nicht gar des Paracelsus oder Cardanus, deducirt er eine allgemeine Analogie aller Dinge der Welt daraus, daß alle eben die Objectität des einen und selben Willens und folglich dem inneren Wesen nach identisch sind. Während die Lehre von der strengen Nothwendigkeit alles Geschehenden die Möglichkeit eines Vorhersehens des Zukünftigen offen erhalten soll, wird andererseits das Schicksal, das den Lebenslauf der Menschen beherrscht, als unser eigner Wille in Anspruch genommen, der, von jenseits unseres vorstellenden Bewußtseins, und eben deshalb uns selbst unbewußt, den Traum unseres Lebens dirigire. Ja, geradezu ein Wunderthäter ist der Wille. Das somnambule Fernsehen und Vorhersehen, ebenso das durch den animalischen Magnetismus beglaubigte Wirken in die Ferne, alle Magie mit Einem Worte erklärt sich aus der durch Raum und Zeit hindurchgreifenden Allmacht des Willens als des allgegenwärtigen metaphysischen Substrats der Natur. In diesem Willen ist ein Schlüssel sogar zur Erklärung der Geistererscheinungen und des Tischrückens gewonnen — und das Alles mit obligater Berufung bald auf die Seherin von Prevorst, bald auf Kant und auf den echten Sinn des „Kriticismus!" Die Wahrheit ist: hier laufen alle Grenzen in absoluter Kritiklosigkeit durcheinander; mit dem Worte, daß die Magie „die praktische Metaphysik" sei, befinden wir uns in der äußersten Entfernung von Kant, der seinerseits die praktische Metaphysik bekanntlich in der „reinen Moral" suchte. Kriticismus! Transscendentalphilosophie! Die Wahrheit ist: unser Kantianer gleicht einem Manne, der, in der Weise jenes famosen Helmstedter Professors, die Entdeckungen der Physik und Chemie zu taschenspielerischen Ueberraschungen verwerthet; er veräußerlicht und verabenteuerlicht den transscendentalen Idealismus, um ihn schließlich auf die nichtigsten Kunststücke zu dressiren. Kant unterscheidet in den Prolegomenen seinen „kritischen" Idealismus von dem „schwärmenden" und dem „träumenden": er würde für den Schopenhauer'schen, wenn er ihn ja eines besonderen Namens werth befunden haben sollte, keinen passenderen als den des spielenden Idealismus haben wählen können.

5.

Wir sind der Lösung des Räthsels, wie das Schopenhauer'sche System habe zusammenhalten können, durch die Prüfung seines Beruhens auf Kant'scher Grundlage nicht näher gekommen. Die so traut ineinander gewachsenen Gedanken stimmen unter sich selbst nicht, sie stimmen ebenso wenig mit den Kant'schen zusammen. Nicht blos einzelne Gedanken, sondern ganze Gedankenreihen stehen feindlich gegen einander. Wie in einem Tonstück, welches unvermittelt aus einer Tonart in die andere übersprünge, so werden wir hier aus dem Idealismus in den Empirismus, aus dem Materialismus in die Mystik hinübergeworfen. Disharmonie ist geradezu der Charakter des Ganzen. Vorstellung und Wille theilen sich in die Welt wie Kastor und Pollux in das Recht des Lebens. Der Wille hinwieder lehrt sich feindlich gegen das Wollen, die höhere Erkenntniß verdrängt die gewöhnliche vom Platze. Mit Kant sollen wir Cabanis, mit Hobbes und Voltaire Plato und den Buddhismus zusammenreimen. Und diese Zumuthung, wohlgemerkt, wird nicht etwa in der Weise des Eklekticismus gemacht, der das Gemeinsame verschiedener Vorstellungsweisen aufsucht und die Unterschiede abstumpft, sondern so vielmehr, daß dieselben, an ihren contrastirenden Enden gegen einander gekehrt, wechselseitig ineinander umschlagen. Wir sind vielleicht keine delischen Schwimmer: aber wir bekennen, daß wir uns auf dieses Meer unmöglich wagen können. Wir sehen nichts als sich kreuzende, begegnende und hemmende Strömungen, und was allenfalls von Weitem wie ein in sich zurücklaufendes System erscheinen konnte — es ist in Wahrheit nur der durch jene Strömungen hervorgebrachte, nie zur Ruhe kommende Strudel.

Wo jedoch ist das System, das von Widersprüchen völlig frei wäre, und wie verstünde man den Zusammenhalt irgend eines, wenn man es nicht zuletzt aus der lebendigen, individuellen Einheit desjenigen Geistes deutete, der es erschuf? Keine Philosophie der Welt ist das bloße Facit einer Gedankenrechnung. Eine jede, wir zweifeln nicht daran, ist irgendwie ein Moment der Entwickelung der Wahrheit; — allein könnte die Wahrheit sich überhaupt, im strengen Sinne des Ausdrucks, entwickeln, wenn sie aus nichts als aus logischen Elementen bestünde? ja, hätte für Menschen das Mühen um sie einen Reiz, wenn in dieser Entwickelung nicht das volle Leben des Geistes, nach all' seinen natürlichen und sittlichen, seinen Gemüths- und Phantasiebeziehungen pulsirte? Die Frucht wäre überall durch den Boden bedingt, und nur das philosophische Denken wäre losgesprochen von den Bedingungen der individuellen Existenz? Vielmehr, wie die philosophirenden Individuen selbst mannichfach bestimmte und beeinflußte Wesen sind, so auch ihre Systeme. Alle ohne Ausnahme: — am gewissesten eines, das sich rühmt, aus lebendiger Anschauung der Welt hervorgegangen zu sein, ein System, das für seinen Urheber den Werth einer Religion hatte, in das er sich dergestalt eingesponnen hatte, daß es all' sein Lebensinteresse ausfüllte und deckte.

Unsere Prüfung daher so wenig wie unsere Charakteristik der Schopenhauer'schen Philosophie darf auf dem Punkte stehen bleiben, den wir bisher erreicht haben. Sinn und Werth derselben ist erschöpfend nur aus ihrer Entstehung, ihre Entstehung nur im Zusammenhang mit dem Leben, dem Bildungsgange, der Charaktereigenthümlichkeit ihres Urhebers zu erkennen. Auch für diesen neuen Gang werden wir uns so viel wie möglich an die eigenen Werke unseres Philosophen halten, aber wir werden nun zugleich die thatsächlichen Mittheilungen benutzen dürfen, welche uns die Schriften von Gwinner und Frauenstädt darbieten, einschließlich natürlich der Auszüge aus Schopenhauer's Erstlingsmanuscripten, welche eine jüngste Publication von Frauenstädt zu den schon früher von ihm gegebenen hinzugefügt hat.*) Ein Resultat aber dürfen wir

---

*) Aus Schopenhauer's handschriftlichem Nachlaß. Abhandlungen, Anmerkungen, Aphorismen und Fragmente. Leipzig 1864, F. A. Brockhaus.

vorweg ankündigen. Auch die Schopenhauer'sche Lehre, wie sich von selbst versteht, hat sich unter dem Einfluß der Bildung, der Denk- und Empfindungsweise ihrer Epoche entwickelt. Wenn aber die Größe unserer wahrhaft großen Denker darin besteht, daß sich in ihrem Denken das Wesen und Wollen der Zeit zu treffendem Ausdruck zusammenfaßte, so wird sich bei Schopenhauer ein unverhältnißmäßiges Uebergewicht einer eigenartigen und eigenwilligen Natur zeigen, die der geistigen Substanz der Zeit das Gepräge individueller Paradoxie und Laune aufdrückt. Die thörichte Prätension, nicht sowohl mit dem lebenden Geschlechte mit-, als den kommenden Geschlechtern vorzudenken, stellt diesen Mann seitwärts von dem Strome der Meinungen, Strebungen und Bedürfnisse der Nation. Er ist ein Apfel, der weit vom Stamme fällt, da er denn spät und wie zufällig aufgehoben — und wieder weggeworfen werden mag. Das scheinbar launische Schicksal, das über ihm gewaltet, ist einzig und allein die Schuld seiner eigenen Ungeselligkeit, die natürliche Folge seines launischen Denkens und Einbildens. —

Man ist versucht, die geistige Eigenart des Mannes zurückzuverfolgen bis auf seine Herkunft. Schopenhauer stammt von väterlicher Seite aus einer alten und angesehenen Danziger Patricierfamilie. Sein Vater, Heinrich Floris Schopenhauer, wird als ein stolzer, heftiger, selbstwilliger Charakter, voll republicanischen Sinns für Freiheit und Recht, zugleich als ein Mann von ungewöhnlicher geistiger Bildung und als thätiger und gewandter Geschäftsmann geschildert. Achtunddreißigjährig vermählte er sich mit der zwanzig Jahre jüngeren Johanna Henriette Trosiener, derselben, welche sich später als talentvolle Schriftstellerin hervorthat, und der das romanlesende Publicum so viele Bände anmuthig unterhaltender Geschichten verdankt. In Danzig den 22. Februar 1788 geboren, war Arthur ein fünfjähriges Kind, als der Vater der preußischen Herrschaft, der die alte Hansestadt verfallen war, trotzig den Rücken wandte und sich nach Hamburg übersiedelte. Die jugendliche Mutter, allzu sehr mit sich selbst beschäftigt, war schwerlich die beste Erzieherin; nur für den Vater wenigstens, trotz seiner gelegentlichen Härte und Heftigkeit, blieb dem Sohne auch später noch ein Gefühl dankbarer Achtung. Zu frühzeitig verpflanzt, entging dem Knaben auch der Segen einer wohlgestimmten Häuslichkeit. Es gab in dem Hause seines Vaters Statuen und Bilder, eine reiche französische und englische Bibliothek, aber wenig Familienglück und Stetigkeit. Wenn schon das reichliche, glänzende Leben daheim den Knaben verwöhnte: noch mehr that es das vornehme Reiseleben, das die Eltern seit der Uebersiedelung nach Hamburg führten. Schon den Neunjährigen nimmt der Vater mit nach Frankreich, um ihn dort zwei Jahre bei einem Geschäftsfreund in Havre zu lassen. Die thörichte Absicht, ihn ganz zum Franzosen zu bilden, wurde erreicht; nicht ebenso die, ihm Neigung zum Kaufmannsstande einzuflößen. Am Schlusse einer nun folgenden vierjährigen Erziehung in einem Hamburger Privatinstitut war in dem talentvollen Knaben ein lebhafter Trieb zur Wissenschaft, eine Abneigung gegen Erwerbsthätigkeit erwacht. Als echter Geschäftsmann schließt der Alte mit dem Sohne einen Handel ab. Gegen das Versprechen einer mehrjährigen Reise entsagt dieser dem Plane zum Studiren. Er sieht, in Begleitung seiner Eltern, während der Jahre 1803 und 1804 Belgien, England, Frankreich, die Schweiz und Deutschland; sechs Monate verbringt er in einer Pension in London und legt hier den Grund zu seiner nachmaligen Vertrautheit mit englischer Sprache und Literatur. Das war ohne Zweifel ganz der Weg, ihm eine weltmännische Ausbildung zu geben, es diente vortrefflich dazu, ihn, statt mit todten Begriffen, mit lebendigen Anschauungen zu nähren — wäre er nur nicht der Zucht der Schule, der Gleichmäßigkeit einfacher Gewöhnung, der Anhänglichkeit an die Heimath darüber verlustig gegangen. Des Vaters Rechnung überdies erwies sich als irrig. Nach so viel genossener Freiheit drückte den Jüngling die Knechtschaft, der er sich verschrieben, nur um so härter. Neujahr 1805 war er bei einem Hamburger Kaufmann in die Lehre getreten; als jedoch wenige Monate später sein Vater in einem Anfall krankhafter Verstörtheit — so wenigstens scheint es — seinem Leben selbst ein Ende machte, da hielt zwar den Sohn der Respect vor dem Willen des Gestorbenen noch eine Zeit lang bei der verhaßten Laufbahn fest, aber den Pflichten derselben suchte er sich doch auf jede Weise zu entziehen, um statt dessen seinen wissenschaftlichen Liebhabereien nachzugehen. Je länger, je mehr warf ihn der unerträgliche Zustand in eine tiefe Melancholie, der er in lebhaften Klagen gegen die Mutter Luft machte. Von dieser, die sich inzwischen in Weimar niedergelassen und sich hier eine neue, ihren Neigungen zusagende, ästhetische und gesellige Existenz gegründet hatte, ward ihm endlich der Weg zur Freiheit geöffnet. Noch ließ sich das Versäumte nachholen. Im Jahre 1807 bezieht er das Gothaer Gymnasium; er zeichnet sich durch reißende Fortschritte in den klassischen Sprachen aus — allein das prätentiöse, reizbare Wesen des jungen Mannes, der nebenher nach vornehmem Umgang und modischer Kleidung strebt, verträgt sich nicht mit der Ordnung der Schule; schon nach einem halben Jahre, Ende 1807, wendet auch er sich nach Weimar, um sich hier, unter Passow's Leitung, durch Privatstudium auf die Universität vorzubereiten. Die Mutter lehnt es ab, hier mit ihm in Einem Hause zusammen zu wohnen. Und zwar weshalb? „Ich verkenne," so schreibt sie ihm nach Gotha, „Dein Gutes nicht; auch liegt das, was mich von Dir zurückscheucht, nicht in Deinem Gemüth, nicht in Deinem inneren, aber in Deinem äußeren Wesen, Deinen Ansichten, Deinen Urtheilen, Deinen Gewohnheiten; — — Dein Mißmuth, Deine Klagen über unvermeidliche Dinge, Deine finsteren Gesichter, Deine bizarren Urtheile, die wie Orakelsprüche von Dir ausgesprochen werden, ohne daß man etwas dagegen einwenden dürfte, drücken mich und verstimmen meinen heiteren Humor, ohne daß es Dir etwas hilft. Dein leidiges Disputiren, Deine Lamentationen über die dumme Welt und das menschliche Elend machen mir schlechte Nacht und üble Träume." Das ist vielleicht nicht der rechte Ton, in welchem eine Mutter zu ihrem Sohne reden sollte; weder tiefere Menschenkenntniß noch innige mütterliche Zärtlichkeit spricht aus diesen Vorhaltungen der lebensheiteren, geistreichen, etwas oberflächlichen Frau, aber es ist nichts desto weniger das vollgültige Zeugniß einer vertrauten Beobachterin. Schon jetzt, es ist klar, haben sich all' die unliebenswürdigen Züge, die bis an's Ende den Charakter des Mannes entstellten, in dem Jüngling festgesetzt. Er steht vor uns als ein unerträglich eingebildeter, übellauniger, mürrischer, absprechender, rechthaberischer Gesell. Er ist unverkennbar der Sohn seines Vaters. Ein unglückliches Naturell, verbunden mit einer reichen Begabung, war durch eine verwöhnende und ungleichmäßige Erziehung zu abstoßender Mißgestalt entwickelt worden.

Dank seinem energischen Fleiße konnte er endlich, einundzwanzigjährig, mit der ausreichendsten Vorbereitung die Universität Göttingen beziehen. Sein realistischer Sinn wies ihn auf die Medicin und auf das eifrigste Studium sämmtlicher Naturwissenschaften. Bald jedoch fesselte ihn auch der Vortrag G. E. Schulze's, des Verfassers des „Aenesidemus." Durch diesen zuerst gewann er das lebhafteste Interesse für Philosophie. Dieser lehrte ihn die Kant'sche Philosophie zweifelnd bewundern; dieser gab ihm den trefflichen Rath, neben Kant für's Erste nur Plato zu studiren. Eine aus Göttingen geschriebene Briefstelle verräth uns, wie er schon damals ganz wunderbar von jener transcendentalen Kant'schen Betrachtungsweise ergriffen wurde, die er noch im späteren Alter, in den „Parerga," als den „entfremdetsten Blick, der jemals auf die Welt geworfen worden," charakterisirt. Und zwar zunächst im unmittelbaren Zusammenhange mit dem Imponirenden der Kant'schen Moralansicht; denn ganz kantisch spricht er von dem moralischen Gefühl als dem Quell alles Trostes und aller Hoffnung, von der offenbarten Stimme des Gewissens, von der Pflicht, „allen irdischen Gründen entgegenzuhandeln." Aber auch schon jetzt war es Plato, dessen Ideenlehre dazu mitwirkte, daß die Annahme eines Dinges an sich, eines realen Kernes aller Erscheinung ihm als ein Hauptpunkt des Kantianismus erschien. Es ist überreichlich bezeugt, daß die Entdeckung der angeblichen Identität von Kant's und Plato's Grundlehren, diese echte Anfängerentdeckung, unserem Philosophen sehr frühzeitig kam. Wie Schelling schon auf der Universität Fichte und Spinoza combinirte, so las der junge Schopenhauer Kant in Plato, Plato in Kant hinein: — er hatte, ihm selbst unbewußt, das Schema, die formellste Grundlage für sein ganzes nachheriges System gewonnen.

Gewonnen aber zugleich einen Standpunkt, dessen Uebersichtligkeit und Vornehmheit das hochmüthige Selbstgefühl, an dem er krankte, nicht wenig steigerte. Frauenstädt hat einige von den naseweisen Randglossen mitgetheilt, mit denen er seine Collegienhefte zu garniren liebte. Noch indem er sehr beherzigenswerthe Dinge von dem Göttinger Philosophen lernte, fühlte er sich von seinem eigenen Platonismus und seinem unreifen Dünkel aus über den trockenen Skeptiker, der „das Göttliche in Plato's Philebus" nicht zu verstehen im Stande sei, gewaltig erhaben. Und nun vollends über Fichte! Der Ruhm des Wissenschaftslehrers vor Allem hatte ihn veranlaßt, im Herbst 1811 von Göttingen nach Berlin zu gehen. Wir wissen, daß er, neben eifriger Fortsetzung seiner naturwissenschaftlichen und neben philologischen Studien, bei Fichte die „Thatsachen des Bewußtseins" und die „Wissenschaftslehre" hörte, daß er dessen Disputatorium besuchte und sich in den Besitz von Heften der Fichte'schen Rechts- und Sittenlehre setzte. Der damalige Fichte, mit seinem Bestreben, über das Ich hinauszugehen, die ursprünglichen Bestimmtheiten des Ich aus einem Höheren abzuleiten, war im Grunde selbst ein platonisirender Kantianer geworden. Auch Fichte betonte ja jetzt auf's Stärkste, daß die Erscheinung oder Vorstellung blos Bild eines dahinter liegenden Seins oder Wesens sei; auch er unterschied ja jetzt, gegenüber dem Wirklichen, ein „Ueberwirkliches," das nicht als solches, sondern nur in dem Wirklichen erscheine. Von hier aus polemisirte er nicht blos gegen die gewöhnliche Naturansicht, die bei der Materie und ihrer allgemeinen Anziehung als einem Letzten, Absoluten stehen bleibe, sondern auch gegen die idealistische Naturphilosophie, welche nicht weiter komme als zur Construction der Natur aus dem Begriffe. Er wies nach, wie das Ich im Selbstbewußtsein, in der Anschauung seiner selbst, sich als Vorstellungsvermögen und als Wille finde und wie von diesen beiden der Wille das Höhere, die eigentliche Wurzel des Ich sei. Deutlich unterschied er zwischen dem Willen als Naturglied (dem Triebe, wie er sich früher ausdrückte), und dem Willen, der über der Natur steht, dem reinen sittlichen Willen. Alle Natur galt ihm — vermöge des Primats des Willens über das Vorstellungsvermögen — als Bild und Erscheinung des Willens; das Princip aber dieses erscheinenden Willens war ihm der Wille in seiner reinen Form als Grund einer übersinnlichen Ordnung, der Wille, dessen ganzes Wesen in dem sittlichen Sollen aufgeht. Alle diese Bestimmungen konnte Schopenhauer in Fichte's Vorlesungen über die „Thatsachen des Bewußtseins" hören; hier wurde ihm die Wichtigkeit der Kant'schen Unterscheidung zwischen empirischem und intelligiblem Charakter eingeschärft; hier vernahm er Ausdrücke wie den, daß die Natur und mit ihr der Mensch als organisches Naturglied nur „die Sichtbarkeit des Willens" sei; hier ward immer von Neuem die Anschauung des Willens im Selbstbewußtsein als der Punkt bezeichnet, bei dem das Ich von der Erscheinung zu einem höheren Erkennen, dem Erkennen des Ueberwirklichen fortgehe, — ja, es fehlte endlich in diesen Vorlesungen auch die platonisirende Wendung nicht, daß das Mittelglied zwischen dem reinen Willen und der Objectenwelt die Ideen seien, „zu denen die Objecte nur die Sichtbarkeit sind," die Ideen, die nun sofort auch Fichte als die aller Kunst zu Grunde liegenden Urbilder faßte. Die Kunst, so lehrte er jetzt, „macht schon die Grenze zwischen der sinnlichen und übersinnlichen Welt," und „das Urbild der Kunst ist selbst das formale Bild der übersinnlichen, an sich seienden Ordnung."

Wie übermüthig daher die Bemerkungen sind, mit denen der junge Mann seine Nachschrift der Fichte'schen Vorlesungen verbrämte, wie beflissen er in seinen späteren Schriften gegen alle Gemeinschaft mit Fichte protestirt, ja, wie unfehlbar er jede Erwähnung des Namens Fichte zur Verhöhnung, Herabsetzung und Verunglimpfung des Lehrers, des Denkers und des Menschen Fichte benutzt: es ist nichts desto weniger eine Thatsache, daß er, außer von Kant und Plato, von Niemand mehr gelernt hat als von ihm. Er lernte, wollen wir annehmen, ohne das Bewußtsein des Lernens. Denn in mehrfacher Beziehung freilich mußte ihn Form und Inhalt der Fichte'schen Lehre abstoßen. Sein auf sinnliche Anschauung gestelltes Wesen mußte sich gegen die abstracten Deductionen, gegen die „algebraischen Formeln" des Wissenschaftslehrers empören. Seine naturwissenschaftlichen Kenntnisse und Interessen konnten sich nicht so kurzweg durch die Fichte'sche Aufhebung der Natur in den subjectiven Willen abfinden lassen. Das scharfe Pathos Fichte's endlich mußte ihm unverständlich, ja unleidlich sein, weil ihm für die moralische Ueberschwenglichkeit, die dazu den Hintergrund bildete, das Organ abging. Hier schied ihn von Fichte die sittlich niedrigere Temperatur seines Wesens. Der Wille, aus dem heraus Fichte lebte, das Princip, welches das Denken wie das Leben dieses energischen Menschen trug und begeisterte, war der souveräne Wille zum Guten: der Wille, aus dem heraus Schopenhauer lebte, war, um seinen eigenen späteren Ausdruck zu brauchen, der Wille zum Leben, der Wille seines Blutes, ein ganz und gar *naturalistischer*, gefährlicher und wandelbarer Temperamentswille.

Kein Wunder daher, daß von den Fichte'schen Ansichten *keine* rein und unverändert in den Besitz Schopenhauer's übergehen *konnte*, — am wenigsten dann nicht, wenn er nun, wie die neueste Publication von *Frauenstädt* nachweist, zur Lectüre der älteren Druckschriften Fichte's, der Kritik *aller Offenbarung*, des Naturrechts und der Sittenlehre überging. Nur in geringem Maaße erst erscheint der Kantianismus des jungen Mannes *durch Fichte*sche Elemente modificirt in jener Erstlingsschrift, mit der er sich im October 1813 von der Universität Jena den Doctortitel erwarb und das nächste Stadium seiner philosophischen Entwickelung so überaus charakteristisch bezeichnet.

Ohne Sinn für die große Bewegung, welche damals unsere Nation, die Jugend voran, ergriffen hatte, mit dem Widerwillen einer *speculativ* genußsüchtigen Natur vor praktischer Aufregung flüchtete sich nämlich Schopenhauer nach der Schlacht bei Lützen von Berlin zuerst nach Dresden, dann nach Rudolstadt, und hier arbeitete er jene Abhandlung aus: „Ueber die vierfache Wurzel des Satzes vom zureichenden Grunde."*) Gleich zu Anfang der Schrift kündigt sich der Schüler des „göttlichen" Plato und des „erstaunlichen" Kant an; denn die von diesen Beiden übereinstimmend empfohlene Methode, die gleichmäßige Beachtung des Gesetzes der Homogeneität und des Gesetzes der Specification, will der Verfasser auf den Satz vom zureichenden Grunde anwenden, insbesondere aber soll der kritische, der scheidende Geist Kant's in der nachfolgenden Untersuchung ihn leiten. Und dem Kantianismus gehört auch das ganze Thema der Abhandlung an. Der Verfasser, indem er gleichsam einen Querdurchschnitt durch die Kant'sche Kritik der Vernunft führt, sucht offenbar eine einheitliche Grundlage für die Hauptresultate dieser Kritik — ähnlich wie je auch die Beck, Reinhold, Fichte nach einer solchen Einheit gesucht hatten. Den Wurzeln des Satzes vom Grunde nachgrabend, will er die wesentlichen Gesetze unseres Erkenntnißvermögens aufdecken, will er eben damit zugleich das sichere Fundament aller Wissenschaft hinstellen, da ja Wissenschaft nichts Anderes als ein Ganzes von verknüpften Erkenntnissen sei und diese Verknüpfung durchweg auf jenem Satze beruhe. Wie Kant's ganze Nachforschung nach dem Recht und der Möglichkeit synthetischer Urtheile a priori durch Hume's Kritik des Causalitätsbegriffs hervorgerufen worden, so sucht Schopenhauer die mannichfaltigen Gänge und Ergebnisse

---

*) Rudolstadt 1813, in Commission der Hofbuchhandlung. Es versteht sich von selbst, daß wir im Folgenden von der so viel späteren, fast um das Doppelte erweiterten Umarbeitung der Schrift (vom Jahre 1847) gänzlich absehen.

jener Nachforschung wieder zu vereinfachen, sucht sie zusammenzubrängen in die Untersuchung über den Gehalt und die verschiedenen Formen des Satzes vom Grunde. Ein gewiß sehr glücklicher Griff!

Unser Bewußtsein — so eröffnet er seine Untersuchung —, so weit es als Sinnlichkeit, Verstand und Vernunft erscheint, zerfällt in Subject und Object und enthält bis dahin nichts außerdem. Object für das Subject sein und unsere Vorstellung sein, ist dasselbe. Aber „nichts für sich Bestehendes und Unabhängiges, auch nichts Einzelnes und Abgerissenes kann Object für uns werden, sondern alle unsere Vorstellungen stehen in einer gesetzmäßigen und der Form nach a priori bestimmbaren Verbindung." Dieses über alle unsere Vorstellungen herrschende, nicht weiter erklärbare, sondern als Thatsache anzuerkennende Gesetz eben findet seinen allgemeinen Ausdruck in dem Satze: nichts ist ohne Grund warum es sei, dieser Satz aber nimmt wieder nach den Klassen, in welche alle unsere Vorstellungen zerfallen, eine vierfach verschiedene Form an.

Eine erste Klasse nämlich der möglichen Gegenstände unseres Vorstellungsvermögens ist die der vollständigen, das Ganze einer Erfahrung ausmachenden Vorstellungen, ist das, was die objective reale Welt genannt wird. Und alsbald giebt er den Umriß einer Analysis der Erfahrung, die der von Kant gegebenen noch um Vieles näher steht als die später von ihm vorgetragene. Noch hat er mit nichten in der Causalität die einzige und einfache Springfeder zur Erklärung der empirischen Realität gefunden, noch gilt ihm eine vollständige Analysis der Erfahrung für ein „sehr mühsames und schwieriges Geschäft." Noch ist ihm mit nichten die Materie lediglich das „objective Correlat der Causalität," sondern sie ist ihm (S. 109, 110) die „Wahrnehmbarkeit" als solche, der — eigentlich nicht auszudenkende — Gedanke einer abstracten, durch Raum, Zeit und Verstandesbegriffe noch nicht bestimmten Grundlage des Objectseins. Durch Verstandesbegriffe! denn noch spricht er — nicht blos hier, sondern auch an mehreren Stellen seiner gleichzeitigen kritischen Glossen — von diesen Begriffen in der Mehrzahl; er bekennt sich zu der Kategorienlehre vollständig, ja, er rechtfertigt ausdrücklich die Kant'sche Ableitung derselben von den Urtheilsformen. Eine exclusive Stellung freilich räumt er schon jetzt der Kategorie der Causalität ein. Schon von Anderen nämlich, und zwar am scharfsinnigsten von dem Verfasser des „Aenesidemus," war die Stichhaltigkeit des Kant'schen Beweises für die Apriorität dieses Begriffs, der versuchte Nachweis, daß alles Folgen sich als objectiv nur wahrnehmen lasse auf Grund des apriorischen Verstandesbegriffs des causalen Erfolgens, angefochten worden. Mit seinem Göttinger Lehrer also verwirft Schopenhauer diesen Beweis. Nicht genug indeß, daß ihm schon die Apodikticität und Unwegdenkbarkeit des Causalitätsgesetzes für dessen Apriorität Bürgschaft leistet: er verschreitet dazu, einen anderen, einem dem Kant'schen analogen Beweis aufzustellen, sucht eingehend zu zeigen, daß zwar nicht die objective Wahrnehmung der Succession, wohl aber die vollständige, die eigentliche Erfahrung in der That nur durch Vermittelung jenes Gesetzes möglich sei. Die vollständige Erfahrung. Unmittelbar nämlich, so führt er S. 53 ff. (vgl. S. 35 ff.) aus, erkennt das Subject nur durch den inneren Sinn, die Zeit. In dieser Unmittelbarkeit ist dem Subject nur Ein Object gegeben — der eigene Leib, so zwar, daß auch dieser zum Object erst durch den Verstand wird, „durch die Anwendung der Kategorien der Subsistenz, Realität, Einheit u. s. w." Diese Kategorien jedoch reichen nicht aus, um über diese Vorstellung hinaus zu anderen Objecten im Raum zu gelangen, sondern hier eben tritt die Kategorie der Causalität ein. „Von der Veränderung im Auge, Ohr oder jedem anderen Organ wird auf eine Ursache geschlossen, und solche wird im Raume dahin, von wo ihre Wirkung ausgeht, als das Substrat dieser Kraft gesetzt, und dann erst können die Kategorien der Subsistenz, Dasein u. s. w. auf sie angewandt werden." Der Causalitätsbegriff also bekömmt unserem Verfasser für's Erste nur eine ganz eigene und vorzugsweise Wichtigkeit, derselbe bezeichnet ihm den Uebergangspunkt von der Erkenntniß des „unmittelbaren Objects" zur Erkenntniß der vermittelten Objecte, d. h. aller Objecte außer unserem Leibe; durch die Kategorie der Causalität allererst „erkennen wir die Objecte als wirklich, d. i. auf uns wirkend." War nun dieser Beweis richtig, dann freilich stand es schon jetzt mißlich um die eilf übrigen Kategorien; sie verdankten ihre Beibehaltung nur dem völlig unhaltbaren Begriffe des Leibes als des unmittelbaren Objects. Unter der Hand mußte ja dieser Begriff unserem Philosophen zerrinnen! Schon in einer Anmerkung zu S. 37 der kleinen Schrift geht die Auflösung desselben gleichsam vor unseren Augen vor sich. Auch alle Theile des unmittelbaren Objects, erklärt diese Anmerkung, seien wieder vermittelte Objecte, sofern ein Theil auf den anderen einwirke; meine Hand z. B. sei mein unmittelbares Object, wenn ich durch ihr Tasten die Einwirkung eines anderen Objectes auf sie und solches daher als im Raume gegenwärtig erkenne: die Hand sei dagegen vermitteltes Object, wenn ich sie sehe u. s. w. Von hier war augenscheinlich nur Ein Schritt zu der Einsicht, daß der Begriff „unmittelbares Object" in dem angegebenen Sinne ein sich selbst aufhebender Widerspruch sei, daß unser Unmittelbares, wie die Herbart'sche Recension sich ausdrückt, allein in dem Einfachen der Empfindung bestehe, daß auch der Leib zum Object nur durch die Causalität werde, daß mithin diese die alleinige Bedingung sei, durch die es überhaupt zu Objecten kömmt. That nun Schopenhauer diesen Schritt einstweilen noch nicht, so betont er dagegen schon jetzt eine andere Abweichung, eine wenigstens vermeintliche Abweichung von Kant. Zeit und Raum sind ihm mit Kant die Formen, welche der innere und der äußere Sinn hergiebt. Alsbald jedoch setzt er, deutlicher als Kant, die Thätigkeit des Verstandes in eine unmittelbare Continuität mit diesen Sinnlichkeitsformen. Nicht durch die bloßen Kategorien für sich nämlich, sondern dadurch, daß er Zeit und Raum durch die Kategorien vereinige, bringe der Verstand die Erfahrung zu Stande. War diese Abweichung, war ebenso die Herbeiziehung des Leibes und war endlich die scharf idealistische Haltung der ganzen Schrift durch einen, wenn auch unbewußten Einfluß des Fichte'schen Systems vermittelt? Wir müssen es trotz aller, schon in den gleichzeitigen handschriftlichen Aufzeichnungen Schopenhauer's gegen Fichte laut werdenden Polemik wahrscheinlich finden; — genug, daß die Schrift nun weiter auseinandersetzt, wie in der solchergestalt reducirten Klasse von Vorstellungen, in der realen Welt, der Satz vom zureichenden Grunde als Gesetz der Causalität herrscht. Er bekömmt als solches den Namen: Satz vom zureichenden Grunde des Werdens. Alle in der Gesammtvorstellung, die wir Erfahrung nennen, enthaltenen Vorstellungen sind durch ihn eine an die andere geknüpft; Causalität ist das Verhältniß zweier Zustände, nicht zweier Dinge u. s. w.

Es folgen als zweite Klasse von Objecten die Vorstellungen von Vorstellungen oder die Begriffe, beruhend auf dem dem Menschen eigenthümlichen Vermögen der Vernunft. Schon hier unterscheidet Schopenhauer sehr bestimmt zwischen Verstand und Vernunft, aber doch ohne die letztere bereits dergestalt gegen den ersteren herabzusetzen wie später. Die Vernunft ist ihm noch mit nichten ein blos empfangendes Vermögen, sie gilt ihm mit Kant als das Vermögen der Principien a priori, und in analoger Weise wie dieser stellt er dar, wie sie auf die Ideen — im Kant'schen Sinne des Wortes — gerathe. Nur die Kant'sche Behauptung, daß sie, als „praktische" Vernunft, der Ursprungsort des Moralgesetzes sei, bestreitet er schon jetzt und sieht darin eine Verwechselung der Erkenntniß von dem, was sein muß mit dem, was sein soll. Der Satz vom Grunde aber, so lehrt er, tritt bei dieser zweiten Klasse von Vorstellungen als Satz vom zureichenden Grunde des Erkennens auf.

Die dritte Klasse wird gebildet durch den formalen Theil der vollständigen Vorstellungen, d. h. durch die reinen Anschauungen des äußeren und inneren Sinnes, des Raums und der Zeit. Das Gesetz, nach welchem die Theile des Raums und der Zeit in Absicht auf das Verhältniß der Lage und auf das der Folge einander bestimmen, ist der Satz vom zureichenden Grunde des Seins.

Sehr merkwürdig aber endlich und sehr bezeichnend für den dermaligen Standpunkt unseres Philosophen ist seine Auseinandersetzung über die vierte Klasse. Diese nämlich begreift für Jeden nur Ein Object, das unmittelbare Object des inneren Sinns, das Subject des Wollens, einzig in der Zeit erscheinend. Unmöglich zwar ist ein Erkennen des Erkennens; auch die Erkenntnißkräfte Sinnlichkeit, Verstand, Vernunft sind nur bekannt in und mit den durch diese Kräfte gesetzten Objecten: wohl aber erkenne ich mich selbst, und zwar durch innere Erfahrung, als wollend. Als wollend — das hat er sich aus Fichte's Vorlesungen herausgehört, aus Fichte's Sittenlehre, laut ausdrücklichen Zeugnisses seiner Anmerkungen zu diesem Buche, herausgelesen. Die Identität aber des Subjects des Wollens mit dem erkennenden Subject, vermöge welcher das Wort „Ich" beide einschließt, ist — so fügt er hinzu — schlechthin unbegreiflich, ist „das Wunder κατ' ἐξοχήν."

Diese Darstellung nun wird zwar noch vierunddreißig Jahre später in der zweiten Auflage unserer Schrift wiederholt, allein sie wird in Wahrheit durch das ganze System, wie es in der „Welt als Wille und Vorstellung" auftritt, zurückgenommen und unmöglich gemacht. In diesem System, wie Schopenhauer schon 1819 eingesteht (Welt als W. und V. erste Aufl. S. 150, vergl. dritte Aufl. S. 121), kann das Subject des Wollens nimmermehr als eine besondere „Klasse von Objecten" den übrigen Objecten, kann das den Willen beherrschende Gesetz nicht mit dem Gesetz des Werdens-, Erkennens- und Seinsgrundes auf gleiche Linie gestellt werden. Wir stehen eben mit der Abhandlung vom Jahre 1813 noch vor dem vollendeten System, und deutlich können wir die Grenze wahrnehmen, bis zu der die Ueberzeugungen Schopenhauer's um jene Zeit vorgerückt waren. Hier findet sich noch kein Wort davon, daß der Wille das Ding an sich, noch kein Wort davon, daß nicht blos in uns, sondern in allen Dingen der Wille das eigentlich Innere und Treibende sei. Am Leitfaden der Analogie, wie wir uns erinnern, geht Schopenhauer in dem späteren Systeme von dem Willen in uns zu dem Willen in der Natur fort, und die Vermittelung zu diesem Schritt muß der Leib als die „Objectität des Willens" bilden. Diese letztere Vorstellung, es ist wahr, keimt schon in unserer Abhandlung; denn wie er den Leib zunächst als unmittelbares Object des Erkennens bezeichnet hatte, so bezeichnet er ihn nun (S. 114) auch als „unmittelbares Object des Wollens." In völlig anderem Sinne jedoch als in welchem er später von der „Objectität des Willens" redet, um mit diesem Ausdruck jeden Gedanken an ein causales

Verhältniß zwischen Willensact und Leibesaction fern zu halten. So für jetzt mit nichten. Er erklärt es für „Thatsache," daß das Wollen a parte posteriori, wie er sich ausdrückt, unter dem Gesetze der Causalität stehe, indem es ursächlich auf die realen Objecte und darunter auch auf den Leib wirke. Erst dahinter steht ihm die Frage, unter welchem Gesetz das Wollen a parte priori stehe — die Frage nach der Freiheit. Und er beantwortet diese Frage durch die Behauptung des unmittelbaren Abhängens des Entschlusses von dem Subjecte des Wollens. Wir sehen, sagt er (S. 115), daß für den Willen das Gesetz der Causalität nicht gilt, sondern statt dessen das Gesetz der Motivation, der „Satz vom zureichenden Grunde des Handelns." Die Differenz dieser von der späteren Ansicht Schopenhauer's ist, denken wir, deutlich. Während ihm nachmals der zureichende Grund für das Handeln einfach mit dem für das Werden, mit der Causalität zusammenfällt und ein zureichender Grund für das Wollen gar nicht existirt, so ist ihm jetzt das Gesetz der Motivation eine vierte, den drei anderen coordinirte Form des Satzes vom zureichenden Grunde. Während ihm später, und zwar schon in der kleinen optischen Schrift vom Jahre 1816, Motiv nichts Anderes ist als eine durch das Erkennen hindurchgegangene Ursache (Ueber das Sehen; erste Aufl. S. 25), so gilt ihm jetzt die Causalität als die eine, die Motivation als eine andere, eine eigene, daneben stehende Klasse von Gründen, und es stimmt damit vollkommen, daß er in einer handschriftlichen Anmerkung zu Fichte's „Kritik aller Offenbarung" auch den sinnlich motivirten Willen der Thiere für frei erklärt. Genauer allerdings bezeichnet er in der Dissertation als den eigentlichen Grund des Wollens nicht das Motiv, sondern das dahinter Liegende, den außer der Zeit zu denkenden, gleichsam permanenten Zustand des wollenden Subjects, den „intelligiblen Character" desselben. Nur desto mehr aber kömmt damit der weite Abstand zum Vorschein, in dem er sich für jetzt noch von seiner späteren Freiheitslehre befindet. Er lehrt einstweilen, in Uebereinstimmung mit Kant, die Freiheit als wirkliche, individuelle Freiheit. Natürlich; — denn er weiß schlechterdings noch nichts von jenem metaphysischen, von dem „Einen, untheilbaren Willen." —

Um die Summe zu ziehen: die Lehre Schopenhauer's von der Welt als Vorstellung, die eine Hälfte seiner Philosophie, war in allem Wesentlichen schon in dieser seiner Magisterschrift fertig. Er hatte sich völlig in einem ganz prägnanten Idealismus befestigt; diesen transcendentalen idealistischen Gesichtspunkt festzuhalten und alle Consequenzen desselben sich klar zu machen, war seine bewußte Absicht. Nicht mit Begriffen des vorstellenden Bewußtseins über dieses Bewußtsein hinauszugehen, die

Bedingtheit dieses Bewußtseins nicht mit den eigenen Mitteln desselben, namentlich nicht durch die Anwendung der Kategorie der Causalität aus einem angeblich Höheren abzuleiten oder zu beweisen, das ist es, — wir kommen auf diesen Punkt zurück — wovor er sich für jetzt mit löblicher Aengstlichkeit zu hüten sucht.

Bedürfte es noch eines Beweises, wie ganz er sich in den theoretischen Theil der Kant'schen Theorie und in deren Subjectivismus eingesonnen, so läge ein solcher in seiner zweiten Schrift, der im Jahre 1815 geschriebenen, aber erst 1816 erschienenen Abhandlung „Ueber das Sehen und die Farben" (Leipzig bei Hartknoch, 88. S.) vor. Sie war ein Ergebniß seines Aufenthalts in Weimar während des Winters von 1813 auf 1814. Göthe nämlich, damals ganz in die Farbenlehre vertieft und so vielen Gegnern gegenüber nach Zustimmung verlangend, zog den jungen Mann alsbald in das Interesse seiner optischen Beobachtungen und Ansichten hinein. Ein Capitel wie das über die Geometrie in der Schrift vom zureichenden Grunde, worin Schopenhauer gegen die demonstrative Methode Euklid's eine ganz auf Anschauung gegründete fordert, mußte dem Sinne Göthe's zusagen, und wenn ihm dagegen die Zurückführung der realen Welt auf bloßes Vorgestelltwerden als eine Umkehrung des wahren Verhältnisses erschien, so war doch gerade die Farbenlehre ganz dazu angethan, daß man sich trotz dieser Differenz gegenseitig verstand und verständigte. Göthe's geniales Gewahrwerden imponirte dem jungen Manne ähnlich, wie ihm die grüblerische Weltansicht Kant's imponirt hatte. Was ihm der Letztere in Beziehung auf die Philosophie, das ist ihm Göthe in Beziehung auf das Farbenwesen. Er wird sein Schüler und will sein Fortsetzer werden. Es ist seine Absicht mit der genannten Abhandlung, das Göthe'sche Werk dadurch zu ergänzen, daß er zu der von diesem gegebenen systematischen Darstellung der Thatsachen das oberste Princip, zu den empirischen Daten die Theorie aufstellt. Eifrigst gegen die Newton'sche Ansicht für die Göthe'sche Partei ergreifend, setzt er sie — wem fiele nicht Berkeley's „Neue Theorie vom Sehen" ein? — in Verbindung mit seinem Idealismus. Dieser Idealismus wird einestheils zur philosophischen Unterlage der Göthe'schen Anschauungen und wird anderentheils in physiologischer Wendung direct auf dieselben übertragen. Er will dem Entdecker Göthe gegenüber nur dem Manne gleichen, der das entdeckte Land in einer genauen Karte verzeichnet: er hat doch zugleich von dieser seiner Leistung einen möglichst hohen Begriff. Kant hatte sich mit Copernicus verglichen. Mit Beiden vergleicht er sich selbst. Auch in Bezug auf die Farbenlehre nämlich gilt es, den von jenen eingeschlagenen Weg des Zurückgehens vom beobachteten Gegenstand auf den Beobachter, vom

Objectiven zum Subjectiven zu betreten. An die Stelle der Newton'schen Erklärung der Farbe aus einer Theilung des Lichtstrahls setzt er die Erklärung aus der sich theilenden Thätigkeit der Netzhaut. Die Farben, das ist die Summe seiner Theorie, die somit ein genaues Gegenstück zu seiner Erkenntnißtheorie bildet, die Farben, ihre Verhältnisse zu einander und die Gesetzmäßigkeit ihrer Erscheinung — Alles liegt im Auge selbst und in der unendlichen Modificabilität der Thätigkeit der Retina.

Allein nicht blos auf dem Boden der Farbenlehre begegnete sich unser junger Kantianer mit dem Altmeister der deutschen Dichtung. Der Verkehr mit Göthe war ihm während dieses Weimarschen Aufenthalts um so mehr ein unschätzbarer Anhalt, je weniger ihm die übrige Gesellschaft zusagte, je mehr sich insbesondere in dieser Zeit das Zerwürfniß mit seiner Mutter vollendete. Es trat ihm in Göthe das Bild eines vollkommenen Menschen entgegen. Er empfing den ganzen Eindruck echter Genialität. Wie ihn Kant's Geist durch seine Schriften, so riß ihn Göthe in seiner ganzen Persönlichkeit unwiderstehlich hin. Wie diese Zwei sich gegenseitig ergänzen, so sprechen sie, der Eine den grüblerischen Trieb, der Andere das Bedürfniß unseres Philosophen nach Anschauung und sinnlichem Leben an: sie werden und bleiben fortan die beiden Sterne, zu denen er mit so viel Andacht und Staunen aufblickt, als ihm von der Verehrung übrig bleibt, mit der er sich selbst betrachtet. Außer von sich selbst schöpft er vorzugsweise von Göthe's Erscheinung den Begriff der Genialität, den wir sogleich in seiner Philosophie die hervorragendste Rolle werden spielen sehen. Von Göthe und Göthe's Werken kömmt ihm jenes innige Verständniß einer rein objectiven Auffassung der Dinge, wie er sie in dem dritten Buche seines Hauptwerkes so schön zu schildern und im Zusammenhange mit der Lehre von den Ideen und der Kant'schen Lehre von dem interesselosen Wohlgefallen als das charakteristische Kennzeichen des ästhetischen Verhaltens darzustellen weiß. Aber nicht dies blos. Die ganze poetische Sinnigkeit der Göthe'schen Naturanschauung, die ja früher schon auf die Ausbildung der Schelling'schen Naturphilosophie einen mitwirkenden Einfluß geübt hatte, ging auch ihm ein, und wurde, leicht sich anschmiegend an seine naturwissenschaftlichen Kenntnisse und Studien, zu einem Gegengewicht gegen seine subjectivistischen Kant'schen Ueberzeugungen. Wie Göthe's Naturanschauung, so endlich dessen Lebensanschauung. Wir kennen die leidenschaftliche Weltverstimmung, die frühzeitig von dem Inneren des jungen Mannes Beschlag genommen hatte. Je unebener nun und je stürmischer es in ihm aussah, um so verständlicher mochte ihm der Spinozismus des von allen falschen Prätensionen und von allem Sturm und Drang geheilten Dichters sein, desto mehr mochte ihm die antigeschichtliche Denkweise, die milde, behagliche Lebensweisheit des Alten einleuchten. Das letzte Wort dieser Weisheit, die Entsagung, gerade weil er sie selbst **nicht zu üben** wußte, erschien ihm auf alle Fälle als ein begehrenswürdiges **Ziel**.

Wurde ihm doch dieselbe Weisheit gleichzeitig nicht blos in dem lebendigen Beispiel des verehrten Meisters, sondern reiner, abgezogener noch auch in einer neuen theoretischen Formulirung, in einer seinen Tiefsinn und seine Einbildungskraft reizenden Darstellung vorgeführt! Er empfing während eben dieser Weimarschen Zeit „die Weihe uralter indischer Weisheit." Angeregt durch Herder's Ideen zur Philosophie der Geschichte der Menschheit, hatte Fr. Majer sich in das Studium des indischen Alterthums vertieft. Ein mythologisches Taschenbuch, welches derselbe herauszugeben begonnen hatte, war gerade an dem Punkte, wo der Verfasser „von jenem Sonnenglanze sprechen zu können hoffte, welcher bereits in den Frühlingstagen der Menschheit den Geist der Menschen im Gebiete der Jamuna erleuchtete und entzündete" — so erzählt er selbst in der Vorrede zu seinem „Brahma" — wegen mangelnder Theilnahme des Publicums in's Stocken gerathen. Um so begieriger mochte der Mann sein, bei mündlichen Mittheilungen einen Gläubigen zu finden, den er in seine Entdeckungen und in seine Begeisterung einweihen konnte. Durch ihn wurde Schopenhauer mit den Veden bekannt, und so gut wie z. B. W. v. Humboldt seinen Kantianismus und seine Bewunderung des classischen Alterthums mit der für die Weisheit der Inder in's Gleichgewicht zu setzen verstand, so leicht konnte sich auch Schopenhauer mit einer Weltanschauung befreunden, welche ihm den Gedanken, daß hinter der nichtigen sinnlichen Erscheinung das Wesen der Dinge liege, den Gedanken, den er längst als den Berührungspunkt zwischen Plato und Kant entdeckt hatte, zugleich mit dem ethischen Gedanken resignirender Versenkung in jenes Wesen entgegenbrachte. —

Doch, wie natürlich diese neuen Eindrücke und Eröffnungen in sein Ideenleben einschlugen, das wird vollständig erst begreiflich, wenn wir die Fäden aufsuchen, die er schon während und vor der Abfassung der Schrift vom zureichenden Grunde nach anderen als der dort zu Ende verfolgten Richtung angesponnen hatte. Diese Schrift selbst giebt uns hie und da zu verstehen, daß sie eine Kehrseite habe, die der Verfasser absichtlich zugedeckt halte; die ihr vorausgehenden, ihr gleichzeitigen oder unmittelbar nachfolgenden handschriftlichen Aufzeichnungen aber gewähren uns die erwünschtesten Einblicke in die der Lehre vom Grunde im Rücken liegenden Gedankenanläufe Schopenhauer's — in die noch ganz unfertigen Anfänge der zweiten Hälfte seiner Philosophie.

Unser Bewußtsein, so lehrte jene Monographie, gehe ganz auf in der

Wechselbeziehung von Subject und Object. Allein woher das? giebt es keine Erklärung dieses Phänomens? „Diese Frage," sagt der Verfasser S. 111, „fertigen wir vorläufig mit der Antwort ab, daß der Satz vom zureichenden Grunde und folglich auch diese nur durch ihn autorisirte Frage schon Subject und Object, ja sogar ihre Formen und Gesetze voraussetzt. Doch will mir ahnden, daß aus einem ganz anderen Theil der Philosophie als der, zu welchem gegenwärtige Abhandlung gehört, nicht sowohl eine Antwort auf diese Frage als vielmehr etwas, das die Frage überflüssig macht und auf eine ganz andere Weise beschwichtigt, uns kommen könnte." Eine sehr mysteriöse Hindeutung also auf ein jenseits aller Sinnlichkeit und verständigen Erkennbarkeit gelegenes Gebiet! Und ähnliche Winke und Wendungen, ganz von der Art wie sie bekanntlich Schelling liebte, wiederholen sich. Nur so viel wird noch deutlich, daß in diesem Gebiete das Ethische und Aesthetische liegen werde, denn geflissentlich so sagt er an ein paar anderen Stellen (S. 120, 143 vgl. 131, 132), habe er dies Beides von der gegenwärtigen Monographie ausgeschlossen; wohl möglich jedoch, daß ihm die Betrachtung desselben einmal der Gegenstand einer größeren Schrift werden könnte, die von der vorliegenden sehr verschieden lauten, obwohl in völliger Uebereinstimmung mit ihr sein, ja, sich zu dem Inhalte dieser „wie Wachen zum Traum" verhalten würde.

Und so hatte er also doch wohl schon damals seine metaphysische Lehre vom Willen erfaßt?

Nichts weniger als das. All' jene erwähnten Aufzeichnungen aus den Jahren 1812 bis 1814 bezeugen übereinstimmend, daß er damals in Ansehung des ganzen, dem Satze vom Grunde entrückten Gebiets noch demselben Subjectivismus huldigte wie in Beziehung auf die Welt des vorstellenden Bewußtseins. Seine Ethik und Aesthetik trat damals noch so wenig wie seine Erkenntnißtheorie von dem Boden der Selbsterkenntniß auf den einer objectiven Erkenntniß des Grundes der Dinge hinüber. Nicht eine Metaphysik, sondern, wie Kant, nur eine kritische Erklärung des subjectiven Ursprungs, der „Naturanlage zur Metaphysik" glaubte er geben zu können. Nicht: „die Welt als Wille und Vorstellung," sondern „die Wurzel des Satzes vom Grunde und die Thatsachen des besseren Bewußtseins" — so etwa würde damals der Titel einer Schrift gelautet haben, die das Ganze seiner Ueberzeugungen zusammengefaßt hätte.

Des besseren Bewußtseins; denn das ist in dieser Zeit der stehende Name für dasjenige, worauf nach Schopenhauer alle Kunst und alle Tugend ebenso beruht, wie alle Wissenschaft auf dem Satze vom Grunde, der Name für „das Beste im Menschen," auf das er schon in seiner Erstlingsschrift hindeutet, um es sofort (S. 132) als dasjenige zu bezeichnen, „wogegen die ganze übrige Welt sich verhält wie ein Schatten im Traum zum wirklichen soliden Körper." Es giebt außer dem in Sinnlichkeit, Verstand und Vernunft, Subject und Object befangenen Bewußtsein noch ein anderes Bewußtsein. Jenes ist, laut des in der Abhandlung von der vierfachen Wurzel geführten Nachweises, „der innerste Keim aller Dependenz, Relativität, Instabilität und Endlichkeit;" auf ihm ruht diejenige Welt, welche Plato als das immer nur Werdende und Vergehende, nimmer Seiende, als das Gebiet der Wahrnehmung und Meinung herabwürdigt, das Christenthum treffend als „Zeitlichkeit" bezeichnet. Dieses dagegen, das bessere Bewußtsein, trägt uns schlechthin über alle Endlichkeit und Bedingtheit hinaus; auf dem Standpunkt dieses besseren Bewußtseins erblicken wir alles durch Sinnlichkeit, Verstand und Vernunft Erkennbare als Schein und Nichtigkeit, wir fühlen unser wahres, wesenhaftes Sein, fühlen uns eben damit durchdrungen von absoluter, unerschütterlicher Befriedigung. Neben und hinter dem zeitlichen, empirischen Bewußtsein auftauchend, ist das bessere, außerzeitliche „des Menschen höchstes innerstes Wesen und Vermögen." Es giebt einen Zustand, in dem kein Subject und Object ist und daher auch nichts meinem jetzigen Bewußtsein Analoges. Die Sehnsucht nach diesem Zustand, nach Befreiung von allen Bestimmungen des empirischen Bewußtseins ist der Grund alles echten philosophischen Bestrebens. So erklärt sich Schopenhauer in zahlreichen Variationen, und in den schönen Worten, mit denen Schelling in den Briefen über Dogmatismus und Kriticismus die subjective Anschauung beschreibt, die dem Substanzbegriff Spinoza's zu Grunde gelegen, wo er von dem uns Allen einwohnenden „geheimen, wunderbaren Vermögen" redet, „uns, aus dem Wechsel der Zeit in unser innerstes, von Allem, was von außen her hinzukam, entkleidetes Selbst zurückzuziehen und da unter der Form der Unwandelbarkeit das Ewige in uns anzuschauen" — in diesen Worten kann er „große lautere Wahrheit" anerkennen.

Mit diesem durchaus subjectivistischen Standpunkt aber verbindet sich die strengste kritische, dieselbe scheidende Tendenz, welche die Abhandlung über die vierfache Wurzel beherrschte. Je mystischer die allgemeine Beschreibung jenes besseren Bewußtseins, um so stärker wird die absolute Gegensätzlichkeit desselben gegen das zeitliche Bewußtsein betont. Hier hat es nach Schopenhauer's Meinung selbst Kant versehen, wenn er das in den Bereich des besseren Bewußtseins fallende Sittengesetz aus der Vernunft ableitet, wenn er vollends durch die Verbindung von Tugend und Glückseligkeit das bessere durch das empirische Bewußtsein verfälscht und so eine neue theologisirende Metaphysik installirt. Eben hier liegt der Irrthum aller vorkant'schen Metaphysik sowie aller Religion. Desselben Fehlers machen sich in der plumpsten Weise Fichte und Schelling schuldig. Denn überall hat Fichte, ganz wie die frühere dogmatische Philosophie, den Verstand und seine Gesetze als absolut betrachtet, die ganze Welt, auch das, was den Gehalt des besseren Bewußtseins ausmacht, nach den Gesetzen des Verstandes, er hat — der Gipfel der Verkehrtheit — sogar den kategorischen Imperativ begreiflich zu machen gesucht. Desgleichen Schelling. Ganz vortrefflich, wenn derselbe erklärt, daß das Absolute dem Verstande durchaus unerkennbar sei und daß die Philosophie zu dessen Erkenntniß nichts thun könne als die Nichtigkeit aller endlichen Gegensätze zeigen; aber gründlich verkehrt, wenn er nun trotzdem dieses Absolute wieder als einen Begriff setzt und dasselbe durch lauter logische Unmöglichkeiten charakterisirt. Es hat einen guten Sinn, daß das Zerfallen unseres Bewußtseins in Subject und Object etwas Unwesentliches ist; aber aller Sinn hört auf, wenn daraus bei Schelling eine objective Einheit des Subjectiven und Objectiven wird, die nun zugleich das ewig wechselnde und werdende Weltwesen sein soll. Die richtigste Ahnung liegt auch der Schelling'schen „intellectuellen Anschauung" zu Grunde; allein sie ist doch etwas Anderes als das bessere Bewußtsein, das nicht, wie Schelling von jener fordert, immer gegenwärtig erhalten werden kann wie ein Verstandesbegriff, und nicht von unserem empirischen Willen abhängig ist. Genug, in allem diesem nachkant'schen Philosophiren stößt unser Kritiker auf den von Kant verpönten transcendenten Gebrauch der Kategorien und der Gesetze der reinen Sinnlichkeit, sieht er Rückfall in den alten Dogmatismus und verwerflichen Synkretismus. Er sieht einen solchen auch bei Jacobi, und doch, — er steht mit seiner Lehre von der Duplicität des Bewußtseins, steht mit dem dualistischen Subjectivismus seiner Anschauungen Niemandem für jetzt so nahe wie diesem. Scharfsinniger als Jacobi und, wie wir sogleich sehen werden, von ganz anderen inneren Bedürfnissen getrieben, zieht er freilich die Grenze zwischen dem Gebiet der Verstandesdemonstration und dem, „was über allen Verstand ist," ganz anders als dieser: — das Grenzeziehen jedoch, das Auseinanderhalten des zwiefachen Bewußtseins ist auch ihm die Hauptsache. Alle wahre Philosophie, so schärft er ein, statt wie die bisherige die Welt des Verstandes und die höhere zu Monstris zu vereinigen, hat zu arbeiten, sie immer vollständiger zu trennen, sie muß, auf der Grundlage der Selbsterkenntniß, „wahrer, vollkommener, reiner Kriticismus sein." Und sinnreich vergleicht er nun die Aufgabe des wahrhaften, d. h. des kritischen Philosophen mit dem Verhalten des wahrhaft Tugendhaften, der ja auch dem besseren Willen in ihm ohne Rücksicht auf, ohne Vermischung mit dem Begehren der sinnlichen Natur folge. Ganz ähnlich muß der wahre Philosoph sich genügen lassen, „die Duplicität seines Seins erkannt zu haben, und erscheint sie ihm als zwei Parallellinien, so krümmt er sie nicht, um sie zu einer zu vereinigen: sondern wenn er auch muthmaaßt, daß sie an irgend einem Punkt zusammentreffen, so geht er in der Erkenntniß beider Arten seines Seins fort, bringt beide zum hellsten Bewußtsein, und wartet ab, ob er auf einen Punkt gelangt, von dem aus er ihre Vereinigung erkennt." Der wahre Kriticismus — so heißt es an einer anderen, nicht minder charakteristischen Stelle, einer Anmerkung zu Fichte — der wahre Kriticismus „wird das bessere Bewußtsein trennen von dem empirischen, wie das Gold aus dem Erz, wird es rein hinstellen ohne alle Beimengung von Sinnlichkeit oder Verstand, — wird es ganz hinstellen, Alles, wodurch es sich im Bewußtsein offenbart, sammeln und vereinen zu einer Einheit: dann wird er das empirische auch rein erhalten, nach seinen Verschiedenheiten klassificiren. Solches Werk wird in Zukunft vervollkommnet, genauer und feiner ausgearbeitet, faßlicher und leichter gemacht, nie aber umgestoßen werden können. Die Philosophie wird da sein; die Geschichte der Philosophie wird geschlossen sein."

Noch in einem anderen Punkte aber, das zeigen schon die eben angeführten Stellen, berührt sich die hier in Aussicht genommene Philosophie mit der Jacobi'schen, die sich bekanntlich „Dasein zu enthüllen," „Menschheit, wie sie ist, gewissenhaft vor Augen zu legen" bescheiden wollte. Nur eine Consequenz des kritischen Standpunktes ist es, daß auch unser Philosoph jede Absicht des Erklärens oder Construirens von sich weist, daß ihm die Frage z. B., wie die Welt, die Natur entstanden sei, als die Frage „eines noch halb Träumenden" erscheint. Und was denn will er statt dessen? Er will — auch darin entspricht für jetzt der zweite Theil seiner Philosophie jenem ersten, in der Abhandlung vom Grunde vorgetragenen — er will erzählen und darstellen, will eben die Thatsachen des besseren Bewußtseins aufzählen und klassificiren. Der wahre Kriticismus, sagt er das eine Mal, hat nur nachzuweisen, wo die höhere Welt ihre Strahlen in die Kerkernacht des Verstandes sendet, damit auch ihm ihr Dasein sich möglichst offenbare. Dieser Kriticismus, sagt er ein ander Mal, hat sich zu begnügen, „empirisch und historisch" die „Aeußerungen," oder — so heißt es an einer dritten Stelle — die „mancherlei Wirkungen" des besseren Bewußtseins zur Erkenntniß für den Verstand auszusondern und anzuordnen.

Und worin denn also bestehen jene Offenbarungen, Aeußerungen oder Wirkungen? welches endlich ist der Sinn und Gehalt jenes „besseren Bewußtseins?"

Nur zwei solcher Aeußerungen weiß unser junger Philosoph zu unterscheiden. Die eine hat schon Kant hervorgehoben und nur darin geirrt, daß er sie auf die Vernunft zurückführte. Kant kannte das bessere Bewußtsein einzig als moralische Triebfeder. Und „unter Anderem" allerdings offenbart es sich als Moralität, unter Anderem fällt die höhere über der Verstandeswelt liegende Welt in den Gesichtskreis des Verstandes im kategorischen Imperativ. Ganz wie Kant und Fichte feiert Schopenhauer in zahlreichen Stellen dieser seiner ältesten Manuscripte die Absolutheit des reinen Willens, den Primat des Praktischen vor dem Theoretischen. Es ist ganz der Kant'sche Rigorismus, die Erhabenheit des Willens über alle sinnlichen Triebfedern, zu dem auch er sich bekennt, ja, den er noch rigoristischer zuspitzt, schon jetzt die Tugend in Askese setzend und das Platonische Wort wiederholend, daß das ganze Leben des Weisen ein langes Sterben sei. Vielmehr, die Uebersteigerung des Kant'-Fichte'-schen Moralismus geht noch weiter. Indem er die Vermittelung abschneidet, die bei Kant die Vernunft zwischen der Verstandeswelt und dem Uebersinnlichen bildet, bestimmt er schon jetzt die „Heiligkeit" in überschwenglich negativer Weise. Aus dem Soll des kategorischen Imperativs deducirt er, daß die sittliche Freiheit eigentlich eine „Freiheit des Nichtwollens" genannt werden müsse. Dieses Sollen nämlich hebt mein Wollen, d. h. meinen Eigenwillen auf; im sittlichen Handeln ist nicht mehr mein Individuum thätig, sondern es ist das Werkzeug eines Unnennbaren; „der Tugendhafte," sagt er, „handelt als ob er wollte, aber er will nicht mehr. Man kann ihn dem gezähmten Falken vergleichen, der noch thut als ob er raubte, doch nicht mehr raubt, sondern seinem Herrn jagt."

Aus derselben Quelle nun aber, aus der der kategorische Imperativ stammt, stammt zweitens auch die Apodikticität des ästhetischen Urtheils. Wie die praktische Negation der zeitlichen, die praktische Affirmation der ewigen Welt Tugend und Askese, so ist die theoretische Negation jener und Affirmation dieser das Wesen des Schönen und des Erhabenen, welches Letztere nur das Extrem des Schönen ist. Das Eine wie das Andere liegt in der „Anregung des besseren Bewußtseins" — mit dieser leichten Wendung kann sich Schopenhauer fast unverändert die Lehre der Kritik der Urtheilskraft vom Erhabenen und ebenso die von der ruhigen, interesselosen Contemplation als der Bedingung des Schönen aneignen. Wie viel mehr die Kant'schen Auseinandersetzungen über das Genie. Neben die Heiligkeit als die eine Erscheinungsform des besseren Bewußtseins tritt als zweite die Genialität. Das bessere Bewußtsein, wo immer es auftritt, verdrängt die Vernunft. Sofern es sich an die Stelle der theoretischen Vernunft setzt, zeigt es sich als Genie, sofern es sich an die Stelle der praktischen Vernunft setzt, als Tugend oder Heiligkeit. Bei dem Heiligen, so unterscheidet er anderwärts, prädominirt das bessere Bewußtsein ungestört: bei'm Genie ist ein ebenso lebendiges besseres Bewußtsein begleitet von einem lebhaften Bewußtsein der Sinnenwelt; der Heilige kann sich beruhigen im bloßen reinen festen Willen, unbekümmert wie der Zufall den Erfolg störe, das Genie dagegen hat einen bestimmten Zweck in der Sinnenwelt zu verwirklichen, nämlich sein Kunstwerk.

So unterscheidet er, vielmehr so sucht er zu unterscheiden — denn in der Natur der Sache liegt es, daß die Unterscheidungen in der mystischen Region des besseren Bewußtseins nicht haften wollen! Bei Kant überall ein klares Scheiden und im Hintergrunde ein sinniges Wiedervereinigen des Getrennten. So verbindet Kant Theoretisches und Praktisches durch die Vernunft mit ihrem Janusgesicht, so dient ihm das Schöne und Erhabene, die beiden Gebiete des Phänomenischen und Noumenischen zu verbinden durch Vermittlung des Begriffs der Zweckmäßigkeit. Aber nicht so unser junger Kantianer. Von der praktischen Vernunft im Kant'schen Sinne will dieser nun einmal nichts wissen, und die Vermittlung des Natur- und Freiheitsgebiets durch den Zweckmäßigkeitsbegriff erklärt er kurzer Hand für „ihm unverständlich." Er scheidet schärfer als Kant das zeitliche von dem überzeitlichen Bewußtsein: — nur um so mehr, ja gerade in Folge dessen schlägt sein „vollendeter Kriticismus" in die allerschlimmste Unkritik um. Auf der einen Seite nämlich laufen ihm alsbald die Grenzen von Genialität und Moralität in bedenklicher Weise in einander, wenn er doch das bessere Bewußtsein des Genialen jetzt zu einem Surrogat für die Heiligkeit macht, jetzt Aeußerungen thut, wie die, daß „der Geniale in einem gewissen Grade über das Moralische hinaus sei." Schlimmer aber als das. Den vielgerügten Fehler, mit Begriffen des zeitlichen Bewußtseins das überzeitliche zu verfälschen, sucht er zu vermeiden: dafür jedoch verfällt er in den entgegengesetzten; er verfälscht das erstere durch den Reflex des Contrastes, den er von dem besseren Bewußtsein auf dasselbe fallen läßt. Tief setzt er nun das Letztere herab; es wird ihm geradezu zum schlechteren Bewußtsein, zum Inbegriff des Ungenialen und des Unheiligen. Aehnlich wie neupythagoräische und neuplatonische Mystik die Materie zum Princip des Bösen machte, so schiebt auch er dem Begriff des Sinnlichen, Zeitlichen, Verständigen und Vernünftigen den des Verwerflichen und Schlechten unter. Schon die Manuscripte aus den Jahren 1812 und 1813 sind dieser Verwirrung voll. Das bessere Bewußtsein hat mit der Vernunft nichts zu thun, so schreibt er zu Berlin 1812, „als insofern es, vermöge seiner geheimnißvollen Verbindung mit ihr in Einem Individuo, auf sie stößt, wo dann dem Individuo die Wahl entsteht, ob es Vernunft oder besseres Bewußtsein sein will. Will es Vernunft sein, so wird es als theoretische Vernunft ein Philister, als praktische ein Bösewicht." Wie die Ideen der theoretischen Vernunft — so führt er auf einem Bogen vom Jahre 1813 im Anschluß an Kant aus — völlige Abgeschlossenheit und Befriedigung in Hinsicht auf Erkenntniß im Umkreis und nach den Gesetzen der Erfahrungswelt vorspiegeln, „so spiegelt die Idee der praktischen Vernunft, d. i. die Idee der Glückseligkeit, vollendete Befriedigung aller Wünsche unserer sinnlichen Natur und gänzliche Zufriedenheit im Zustande der Zeitlichkeit ohne weitere Sehnsucht vor. — Wer ganz ihr hingegeben wäre, wäre der vollendete Philister sein" u. s. w. Und ganz übereinstimmend damit schreibt er 1814 zu Weimar: „Man könnte sagen, alle unsere Sündhaftigkeit ist nichts, als der Grundirrthum, die Ewigkeit durch die Zeit ausmessen zu wollen, ist gleichsam nur ein fortwährender Versuch der Quadratur des Zirkels." Wir wollen alsdann immerfort zeitliches Dasein, ohne zu merken, daß dasselbe seiner Natur nach flüchtig und bestandlos, eine mathematische Linie ist, die auch durch unendliche Länge keine Dicke gewinnt. „Wir wähnen durch Succession das zu erhaschen, was nur mit Einem Schlage ergriffen werden kann, durch das Uebertreten aus der Zeit in die Ewigkeit, aus dem empirischen in's bessere Bewußtsein. Wir laufen rastlos an der Peripherie herum, statt zum ruhigen Centro zu dringen. Jener Grundirrthum erzeugt praktisch Sündhaftigkeit, theoretisch Mangel an Genialität, Polymathie statt Philosophie." Vielmehr aber, der dies schreibt, geht erst recht auf eine Quadratur des Zirkels aus: Schopenhauer's Grundirrthum besteht darin, daß er einen ethisch-ästhetischen Maaßstab und zwar einen völlig unbestimmten und mystischen an ein Gebiet anlegt, das nur mit einem logischen gemessen werden darf, daß er, wie einer seiner Beurtheiler sich ausdrückt, quantitative und intensive Unendlichkeit verwechselt.

Wir müssen uns, um ein solches Durcheinanderwerfen des Ethischen und Aesthetischen, ein solches Uebertragen ethisch-ästhetischer Werthbestimmungen auf Erkenntnißverhältnisse zu begreifen, erinnern, daß unser junger Philosoph eben nicht blos aus Kant's, sondern zugleich aus Plato's Schule kömmt, müssen uns weiter erinnern, daß er — ähnlich wie Plato — unter dem Einfluß einer zugleich philosophisch erregten und zugleich von Kunstbegeisterung ergriffenen Epoche steht. Offenbar, seine ganze Theorie vom besseren Bewußtsein ist ein Ausläufer jener allgemeinen Strömung des deutschen Geistes, welche seit dem letzten Drittel des vorigen Jahrhunderts begonnen hatte, gegen die nüchterne und einseitige Verstandesrichtung der bisherigen Bildung und Denkweise anzugehen. Durch Jacobi zuerst war dieselbe auch in die deutsche Philosophie eingedrungen. Dieselbe Strömung, nachdem sie inzwischen in unserer classischen Dichtung ein Bett gefunden, trug Schelling und den späteren Fichte in die Nähe des Mysticismus. Dieselbe Strömung hatte schon vor dem Beginn des neuen Jahrhunderts Hegel von dem Kantianismus und Rationalismus allgemach abgebracht. Schon am Ende der neunziger Jahre hatte sein grübelnder Sinn die Tiefen des Gemüthslebens gleichsam mit sehnsüchtigem Verlangen umkreist, war ihm einerseits der Gegensatz des beschränkten und bedingenden Verstandes zu der schrankenlosen Unendlichkeit dessen, was er Leben, Liebe, Schönheit nannte, in's Bewußtsein getreten, hatte er andrerseits die Schätze religiöser Empfindung und ästhetischer Anschauung — den Gehalt des besseren Bewußtseins, um mit Schopenhauer zu reden — für den Verstand und durch den Verstand zu heben versucht. Um die „Selbsterhebung des endlichen zum unendlichen Leben," wie sie in der Religion sich energisch vollzieht, dreht sich Hegel immerfort in seinen Erstlingsaufzeichnungen, und sein System entsteht, indem er mit bewunderungswürdigem Aufwand von Geist und Scharfsinn dem verständigen Denken eben diesen Charakter der Religion und Kunst einzuimpfen, indem er der Welt der Begriffe ein neues edleres Blut, eine höhere Natur, eine veränderte Organisation zu leihen bemüht ist. Statt Verstandesbegriffe in das Absolute hineinzutragen, begann er vielmehr umgekehrt — darauf beruht sein Anspruch auf Originalität, darauf seine epochemachende Bedeutung — mit der Verlebendigung der Begriffe, so daß gerade durch die Aufzeigung der Beschränkungen des Endlichen dieselben sich vernichten und im „schönen lebendigen Ganzen" zum Unendlichen aufheben sollen. In dem Gleichgewicht zwischen der Kraft des analysirenden Denkens und der Energie der tieferen, zusammenfassenden Anschauung bestand die Macht, aus der heraus Hegel sein geschmeidiges Gedankenwerk schuf. Von einem solchen Gleichgewicht, einem solchen Streben nach Harmonie war bei dem jungen Schopenhauer nicht die Rede. Dualistisch daher liegt bei ihm die kritische, verständige und die mystische Ansicht nebeneinander. Er hatte mit seinem Bildungsgange nicht eigentlich Schritt gehalten mit der allgemeinen Entwickelung des deutschen Geistes. Ein Nachzügler schon in seiner Gymnasialbildung, war er auf der Universität noch ganz auf die Kant'sche Philosophie eingeschult worden, zu einer Zeit, als die universelle Geltung derselben bereits vorüber war. Nun widerfuhr ihm, was Anderen viel früher, und unter ganz anderen Zeit- und Bildungsverhältnissen widerfahren war. Auch er fand sich mit seinen ästhetischen und Gemüthsbedürfnissen in einem Gegenüber gegen die Härten und Schranken der Kant'schen Lehre, aber ihm kam nicht mehr, um Beides auszugleichen, wie ein halbes Menschenalter früher den Schelling und Hegel, die erste Frische jener harmonischen Stimmung entgegen, die sich aus den Werken unserer classischen Dichtung einen kurzen Moment lang über die Nation verbreitet hatte. Schon hatte es in den Doctrinen und Poesien der Romantiker einen neuen Zusammenstoß, eine wunderliche Mischung des ästhetischen Geistes mit dem Geiste kritischer Reflexion gegeben. Durch eine Combination von Witz und Phantasie soll die geniale Unmittelbarkeit schöpferischer Kraft ersetzt werden. Eine bewußte Genialität wendet sich reflectirend und polemisirend gegen den guten wie gegen den schlechten Verstand der Aufklärung; dieselben Elemente mit Einem Worte bewegen sich in der Romantik durch einander, die in dem Geiste Schopenhauer's neben einander lagen. Was Wunder, wenn er, der von seinem früheren Aufenthalt in Weimar, von seiner Mutter her, den contagiösen Stoff in sich trug, in Berlin von der Krankheit ergriffen wird? Wieder erscheint er als ein Nachzügler. Wir glauben uns, wenn wir seine Erstlingsmanuscripte lesen, in die Blüthezeit der jungen romantischen Schule zurückversetzt. Das Bild des, von ihm philosophisch construirten Philisters findet er in Tief's Zerbino wieder; die Mystiker lobt er sich, trotz Schelling, und bei Jacob Böhme vor Allem, dem Haupttheiligen der Romantiker, findet auch er „göttliche Erkenntniß." In der Herabwürdigung der Vernunft macht er durchaus Chorus mit ihnen. Ganz wie das Athenäum und die Schleiermacher'schen Reden und die Lucinde, nur mit etwas geänderter Terminologie, führt er Krieg gegen die Prosa des Lebens, gegen die Nützlichkeits- und Glückseligkeitstheorien des Zeitalters, gegen das Vernunftideal von Staat und Civilisation, verkündet er das Evangelium der Genialität, sieht er souverän herab auf die Gemeinen, die Platten, die Philister. Ja, auch die Form, in der er seine Gedanken zu Papiere bringt, erinnert an das unfertige, abgerissene, paradoxe Wesen, womit die Novalis und Schlegel Geist und Unsinn auszustreuen liebten; einzelne dieser Fragmente und Aphorismen könnten füglich unter denen im Athenäum stehen, und man würde Mühe haben, sie von denen des Verfassers der Lucinde zu unterscheiden.

Und doch wieder wie anders! Die Wahrheit ist: nur nicht entziehen kann sich Schopenhauer dem Geist und den Pointen der Romantik: die innere Anschauung, die treibende Kraft, die seinen Gedanken zu Grunde liegt, ist eine viel ursprünglichere und frischere, sie wurzelt in dem Eigensten seiner Persönlichkeit. Das bessere Bewußtsein, von dem er redet, ist nicht etwas Erraisonnirtes und Gemachtes; früher als die Formel vielmehr ist der Gehalt der Formel da; er spricht aus der innersten Erfahrung seines Wesens, aus lebendigem Bedürfniß nach einer Erhebung über die Schranken der Sinnlichkeit und des Verstandes. Und der eigentliche Kern dieses Bedürfnisses? Auch nicht einmal in der Ferne erscheint das Gefühl der Frömmigkeit: das religiöse Gebiet kennt er schlechterdings nur in der Form des Mythologischen und Dogmatischen, ausdrücklich spricht er die Hoffnung aus, daß alle Religion dereinst, wie das Gängelband der Kindheit, werde können weggeworfen werden. Heiligkeit und Genialität sind die beiden einzigen Formen, unter denen er das bessere Bewußtsein auftreten läßt. Wiederum aber, wenn wir genauer zusehen, so überwiegt von diesen beiden bei Weitem die letztere Vorstellung über die erstere. Mit dem absoluten Gegensatz gegen die Vernunft wird ja der Begriff von Moralität nothwendig inhaltlos — Sittlichkeit ohne Vernünftigkeit ist ein leerer Name; Schopenhauer spricht von der Heiligkeit wie der Blinde von der Farbe; er ist selbst ohne Organ dafür, ja, er ist das Gegentheil eines „ethischen Virtuosen" und das Gegentheil eines Helden; nur in dunkler Sehnsucht und mit der Phantasie hat er jetzt und später ein Ideal der Heiligkeit aufgestellt, für dessen Verwirklichung er die Büßer und Asketen sorgen läßt, während er sich selbst davon entbunden erachtet. Ganz anders und schonender als gegen die verhaßte Vernunft verhält er sich gegen die Sinnlichkeit. Ein lebendiges sinnliches Bewußtsein „begleitet" ja bei dem Genie das bessere Bewußtsein, und von diesem Zustande spricht er wie Einer, der ihn selbst erfahren hat. Nur als ein Erbtheil der Kant'schen Philosophie gleichsam schleppt er den Begriff der Moralität mit sich, um ihn zur Carrikatur zu machen: dasjenige dagegen, was er Genialität nennt, ist ihm im eignen Innern erschienen, an dieser Vorstellung hängt sein Herz und sein Denken. Ja, daran ist ihm der Begriff des besseren Bewußtseins überhaupt zuerst aufgegangen, wie man sehr deutlich aus einer Randglosse zu den Fichte'schen Vorlesungen sieht. Der gesunde, verständige Mensch nämlich, so setzt er da aus einander, sei in den Bedingungen des Bewußtseins, die Raum, Zeit und Verstandesbegriffe ihm schaffen, fest eingeschlossen: „das Genie, durch eine Kraft, die als etwas ganz Uebersinnliches nicht weiter bestimmt werden kann, sieht gleichsam durch jene Beschränkungen, welche Bedingungen der Erfahrungserkenntniß sind, durch, erkennt sein eignes und der Dinge Wesen an sich und sucht sein Lebenlang diese Erkenntniß mitzutheilen und handelt auch nach ihr." Und unermüdlich ist er fortan in seinen Aufzeichnungen, die Genialität zu beschreiben und zu verherrlichen. Von ihr weiß er so zu reden wie Schleiermacher von dem frommen Gefühl, wie Fichte von dem aller Sinnlichkeit trotzenden Willen, von der abstrakten praktischen Freiheit, — denn genug, was er unter diesem Namen beschreibt und feiert: das ist er selbst, ist seine eigenste Natur.

Zuweilen nimmt seine Charakteristik des Genies geradezu die Form von Selbstbetrachtungen an: in Wahrheit haben wir es mit Selbstconfessionen auch da zu thun, wo dies nicht der Fall ist.

Er selbst! Das will sagen: sein eignes, von hoher Begabung getragenes, aber zugleich einbildsam überspanntes Selbstbewußtsein, das hochgestimmte Gefühl sinnlich-intellectueller Kraft. Wenn er immer wieder das Genie im Gegensatz zu dem Alltagsbewußtsein der Ungenialen, der Philister, der Vielwisser charakterisirt, so fühlt er sich eben selbst als eine privilegirte Natur gegenüber dem gewöhnlichen Menschenpack, als der Faust im Gegensatze zum Wagner. Wenn er das Genie in gewissem Maaße als losgesprochen von den Pflichten der Moral bezeichnet, so ertheilt er mit diesem Satze sich selbst für seine sittliche Schwäche Absolution. Wenn er den Charakter des Genies in dem freien Spiel einer starken Intellectualität findet, hinter der die Ausbildung des Willens zurückgeblieben sein könne, so weiß er sehr wohl, daß eben auch seine Stärke nicht im Praktischen, sondern im Theoretischen liegt. Sich selbst, seine eigne Schwäche und seine eigne Stärke, sein eignes geistreiches, hochmüthiges, prätentiöses Wesen, seine eigne Verstimmung gegen die Welt, seinen eignen Dünkel, seine Unverträglichkeit und Ungeselligkeit, — das Alles bringt er unter dem Namen des „besseren Bewußtseins" auf einen philosophischen Ausdruck, stempelt er zu einem scheinbar objectiv Berechtigten. Mehr als das. Auch jene Duplicität des Bewußtseins, welche die Grundlage seines werdenden Systems bildet, ist in letzter Instanz nur die Disharmonie seines eignen Wesens. In ihm selbst macht fortwährend das unedlere Roß dem edleren zu schaffen. In seiner energischen, unmäßigen, den Zügel verachtenden Natur liegt nur allzu sichtlich die heißblütigste Sinnlichkeit im Streite mit klarer und hoher Geistigkeit. Man sieht dieser Zwiespältigkeit auf den Grund in einem Fragmente, wie das vom Jahre 1813, wo er schildert, wie eng die höchste Spannung der Kräfte des Geistes mit dem Triebe zur Wollust zusammengekoppelt sei, wie Gehirn und Genitalien die entgegengesetzten Pole des kräftigsten, thätigsten Lebens seien, die eben deshalb leicht in einander umschlagen, sobald es nur dem Willen gelinge, die Richtung zu ändern. Indem er mit sinnlichster Wahrheit dieses Zusammen und dieses Umschlagen, den Conflict zwischen dem zeitlichen und überzeitlichen Bewußtsein, den Uebergang von dem „Reiche der Finsterniß, des Bedürfnisses, Wunsches, der Täuschung, des Werdenden und nie Seienden" zu dem Reiche „des Lichts, der Ruhe, Freude, Lieblichkeit, Harmonie und Friedens" als eine allgemein gültige geistige Thatsache darstellt, so macht er sich damit seinen eigenen inneren Menschen erklärlich und erträglich.

Es gilt von dieser Schopenhauer'schen Theorie des zwiefachen Bewußtse[ins] eben das, was Fr. Schlegel mit Jacobi's eigenen Worten von dessen P[hi]losophie sagte: — sie ist einzig „der in Begriffe und Worte gebr[achte] Geist seines individuellen Lebens." Und noch, wir wiederholen es, ist [hier] bei kein Uebergriff in metaphysische Regionen unternommen, noch beschr[änkt] sich die philosophische Umprägung persönlicher Erfahrungen auf eine, [zwar] mystische, aber doch noch durchaus immanente **Selbsterkenntniß** [des] **menschlichen Geistes.**

Ganz diesem subjectivistischen Standpunkte und ganz den mitspi[elenden] romantischen Motiven entspricht es, daß die Philosophie selbst in [den] in Rede stehenden Manuscripten durchaus als **Kunst** gefaßt wird. D[enn] auch sie, natürlich, fällt in den Bereich des besseren Bewußtseins. D[er] Philosoph steht auf Einer Linie mit dem Künstler und Dichter. [Wie] diese muß er den Begriff, die Vernunft, das Früher und Später u[nd] die Frage nach dem Warum fahren lassen, muß unbefangen anschaue[n,] eben damit er alsdann die Begriffe und die Vernunft bereichere. W[ie] der Maler, was er gesehen, auf der Leinwand, der Bildner in Marmo[r,] der Dichter in Bildern für die Phantasie abbildet, so giebt der Philoso[ph] von den Vorstellungen aller Klassen ein Abbild in Begriffen, also für [die] Vernunft. Sein Material sind die Begriffe und er ist daher an die Pro[sa] gewiesen; sein Gegenstand ist die Idee, das Was, im Gegensatz zu dem Warum. „Die Idee alles dessen, was im Bewußtsein liegt, was als Object erscheint, fasse also der Philosoph auf, er stehe wie Adam vor der neuen Schöpfung und gebe jedem Ding seinen Namen: dann wird er die ewig lebenden Ideen in den todten Begriffen niederlegen und erstar[r]en lassen, wie der Bildner die Form in Marmor." Und eben dieses Verfahrens rühmt sich dann Schopenhauer in noch viel späterer Zeit[,] wenn er es doch als seinen genialen „Kniff" bezeichnet, „das lebhafteste Anschauen oder das tiefste Empfinden, wann die gute Stunde es herbeigeführt hat, plötzlich und im selben Moment mit der kältesten, abstracten Reflexion zu übergießen und es dadurch erstarrt aufzubewahren." Ganz richtig, in der That, ist damit jene allgemeine Forderung an die Philosophie überhaupt zu einem individuellen „Kniff" herabgesetzt. Denn so ge[-] wiß jede gehaltvolle wissenschaftliche Production dadurch entsteht, daß ein lebendiges Gewahrwerden sich in die rechtfertigende Klarheit des Begriffs übersetzt, so gewiß beruht die Schopenhauer'sche Auffassung dieses Herganges auf einem romantischen Mißverständniß. Auch die Hegel'sche Philosophie, beispielsweise, ist nichts weniger als eine Geburt aus todten Begriffen, auch Hegel spricht davon, daß sich ihm „das Ideal habe in die Reflexionsform verwandeln müssen" und daß auf diese Weise sein System

itſtanden ſei. Allein an eben dieſem Beiſpiel mögen wir uns den Unter-
ſchied klar machen. Ein erſtes weiteres Erforderniß wird darin beſtehen,
daß die der wiſſenſchaftlichen Schöpfung zu Grunde liegende Anſchauung
der Empfindung von allgemeiner Wahrheit, von objectiver Berechti-
gung ſei —: wir ſahen in dieſer Hinſicht bereits, daß es überwiegend individuell gefärbte Anſchauungen von nur ſubjectiver Wahrheit ſind, welche
Schopenhauer in die Reflexionsform überſetzt. Ein zweites Erforderniß
aber iſt dies, daß die Umbildung eine allſeitig vermittelte ſei, daß der
Uebergang nicht plötzlich und ſprunghaft erfolge, daß die begeiſterte Anſchauung ſich in das Einzelne der techniſchen Ausführung fortſetze und als
geduldige Beſonnenheit in ihr gegenwärtig bleibe. Gerade in dem Unver-
mittelten und Jähen dagegen beſteht die vermeintliche geniale Virtuoſität
unſeres Romantikers. Es ſind vereinzelte Anſchauungs- und Empfindungs-
momente, welche er in Reflexionen umſetzt, in Begriffen „erſtarren" läßt.
Seine Philoſophie, wenigſtens der ethiſch-äſthetiſche Theil, derjenige, der
am meiſten ſein eigen iſt, beſteht einſtweilen aus einem Haufen von Aphorismen — werden ſich dieſelben jemals zu einem Ganzen, einem wiſſenſchaftlichen Ganzen verbinden? Gewiß, ſie werden! ſo ſagt er ſich ſelbſt
in begeiſterungsvoller Zuverſicht; die friſche volle Freude des Entdeckers
athmet in den ſchönen Worten, die er ſchon im Jahre 1813 in Berlin
geſchrieben hat: „Das Werk wächſt, concrescirt allmählich und langſam,
wie das Kind im Mutterleibe: ich weiß nicht, was zuerſt und was zuletzt
entſtanden iſt. Ich werde ein Glied, ein Gefäß, einen Theil nach dem
andern gewahr, d. h. ich ſchreibe auf, unbekümmert, wie es zum Ganzen
paſſen wird: denn ich weiß, es iſt Alles aus Einem Grund entſprungen.
So entſteht ein organiſches Ganzes, und nur ein ſolches kann leben.
Ich, der ich hier ſitze, und den meine Freunde kennen, begreife das Ent-
ſtehen des Werkes nicht, wie die Mutter nicht das des Kindes in ihrem
Leibe begreift" — und er ruft den Zufall, den Beherrſcher dieſer Sinnenwelt an, daß er ihn leben laſſe, bis die Frucht reif ſei; wenn aber nicht,
ſo mögen, meint er, dieſe unreifen Anfänge ſo, wie ſie ſind, der Welt gegeben werden: „dereinſt erſcheint vielleicht ein verwandter Geiſt, der die
Glieder zuſammenzuſetzen verſteht und die Antike reſtaurirt."

Fürwahr, wenn die Intenſität innerer Anſchauung, wenn ein begeiſter-
ter Glaube an ſich ſelbſt und der gerühmte geniale „Kniff" dazu ausreichte,
ein philoſophiſches Syſtem zu erzeugen, ſo könnte es unſerem Romantiker
nicht fehlen. Uns muß es billig Bedenken erregen, wie dem Manne ein
Syſtembau gelingen werde, der die Philoſophie in demſelben Athem als
Kunſt in ausdrücklichem Gegenſatz zur Wiſſenſchaft und wieder als ſtren-
gen, reinen Kriticismus bezeichnet. Nicht an den Elementen zu einem

System, wohl aber an den verbindenden Mittelgliedern wird es fe[hlen], denn nicht an Energie der Anschauung, auch nicht an scharfem kriti[schen] Verstande, wohl aber an der geduldig vermittelnden, an jener im b[esten] Sinne künstlerischen, die Gegensätze in Eins bildenden Kraft fehlt es [ihm] selber. Ist es blos zufällig, daß die Frauenstädt'schen Mittheilungen [aus] den Erstlingsmanuscripten Schopenhauer's uns für die nächsten J[ahre] kaum etwas Neues bieten, daß sie uns für den ganzen Proceß des [Zu-]sammenwachsens jener fermenta cognitionis zum Systeme so gut [wie] vollständig im Stich lassen? Wir denken nicht. Zwischen dem Inhalt [der] Papiere bis zum Jahre 1814 und der Darstellung vom Jahre 1819 l[iegt] eine Anzahl lecker Combinationen: eine stätige, originelle Entwickelu[ng] der uns bekannten Grundanschauungen, eine Gedankenarbeit, die, [was] Energie und Selbständigkeit betrifft, der ersten Conception jener Elem[ente] auch nur einigermaaßen gleichkäme, liegt nicht dazwischen. Nicht aus si[ch] selbst, um es kurz zu sagen, sondern aus den Vorrathskammern a[nde-]derer Philosophien entnahm er das weitere Bauzeug, die gedankenm[äß]ige Füllung, die begrifflichen Bindeglieder der vereinzelten im eigenen G[eist] entsprungenen Aperçus. So hatte er sich ja bereits für den ersten T[heil] seiner Philosophie aus der Kant'schen Kritik der Vernunft versorgt, [und] sofort müssen die Engländer weiteres Material dafür liefern. So w[ird] er nun auch für den zweiten Theil zum Freibeuter an den Lehren Kant's, Fichte's, Schelling's und der französischen Materialisten. Die entlehnt[en] Vorstellungen werden sämmtlich den tiefen, aber in sich selbst keiner b[e-]grifflichen Entfaltung fähigen Grundanschauungen dienstbar gemacht. D[ie-]ser Stempel, den sie empfangen, verbunden mit dem maaßlosen Selbst[ge-]fühl des Mannes verdeckt ihm selbst die begangene Entlehnung. [Er] dünkt sich ein ganz originelles, neues, erstaunliches Werk zu Stande g[e-]bracht zu haben, und es ist schon viel, wenn er sich zu dem Eingeständ[-]niß herbeiläßt, daß seine Lehre nie hätte entstehen können, „ehe die Upanischaden, Plato und Kant ihre Strahlen zugleich in eines Menschen Geist werfen konnten."

In Weimar bereits war ihm die Aeußerung entfallen, daß er der Phi[-]losoph des neunzehnten Jahrhunderts zu werden gedenke. Im Frühjahr 1814 ging er von Weimar nach Dresden, und hier nun, in verhältniß[-]mäßiger Einsamkeit, im Umgange mit Literaten, die er unter sich erblicken durfte, in scrupellosem Genuß auch der sinnlichen Darbietungen des Le[-]bens, im Verkehr mit Kunst und Natur, hier verknüpfte er allmählich durch die mannichfaltigsten, kreuz- und querlaufenden Hülfslinien die feste[n] Punkte seiner Ueberzeugungen und Anschauungen zu einem Ganzen.

Wir sind, wie schon gesagt, für die Nachconstruction dieser Arbeit auf wenige Data angewiesen. Mit Vorsicht gehen wir den erkennbarsten Spuren nach und bescheiden uns, nur ungefähr, nur in der Hauptsache dem inneren Gange des Systembildners nachkommen zu können.

Weit am wichtigsten zunächst der Schritt, der aus dem mystischen Subjectivismus, in dem er bis dahin verharrt war, in eine Metaphysik hinüberführte. An dem Subjectiven, an dem „besseren Bewußtsein" haftete bis dahin untrennbar die Vorstellung von dem, „was außer der Zeit und Natur," was „über die Vernunft ist," die Vorstellung einer „höheren Welt," eines „Reiches des Lichts" u. s. w. Noch hatte diese höhere Welt keinerlei selbständige Consistenz gewonnen. Offenbar aber, der schwebenden Unbestimmtheit dieser Vorstellung entsprachen am meisten die Platonischen Ideen, von denen er z. B. in einer Note zur Kritik der Urtheilskraft sagt, daß wir sie in der rein objectiven Betrachtung des Schönen sehen. Auch die Platonische Idee war ihm dabei für's Erste das bloße Correlat des ästhetischen Zustandes, eine bloße Formel für die Befreiung des besseren Bewußtseins von aller Subjectivität. Eben dieser Begriff jedoch trug bei Plato selbst das Gepräge selbständiger metaphysischer Existenz: — wir werden nicht irren, wenn wir annehmen, daß an diesen Begriff zuerst die Verdichtung der höheren, außerzeitlichen Welt ansetzte.

Und vermuthlich, daß es hiebei sein Bewenden gehabt haben würde, wenn das ethische Bewußtsein unseres Philosophen so rein und so mächtig gewesen wäre wie sein ästhetisches. Aber Schopenhauer war nicht in dem Falle Kant's und Fichte's. Dem reinen, sittlichen Willen hatte er frühzeitig das Moment der Vernünftigkeit genommen und so war ihm der Begriff der „Heiligkeit" alsbald in den inhaltslosen des Nichtwollens entschlüpft. In ihm selbst jedoch lebte und regte sich gar ungeberdig ein anderer Wille, der Wille von Fleisch und Blut. Und dieser Wille stand doch auch — mindestens an der Grenze des zeitlichen und des überzeitlichen Bewußtseins. Den Willen überhaupt als eine besondere Klasse von Objecten zu behandeln, das hatte sich schon am Schlusse der Abhandlung vom Grunde als ein Quidproquo herausgestellt; mit dem Subject zusammenfallend, hörte der Wille eben auf, Object zu sein. Object und doch wieder nicht Object, mußte er jenseits der Vorstellungswelt in die übersinnliche Welt verlegt, er mußte mit metaphysischem Dasein ausgestattet — zum Ding an sich gemacht werden. Die mystische Region des besseren Bewußtseins klärt sich; der sittliche Wille bleibt unter dem Namen der Heiligkeit eine subjectiv-ethische Thatsache: der Wille schlechtweg, der Niederschlag gleichsam des besseren Bewußtseins, wird zum An sich, zum unsinnlichen Substrat der Natur. Denn von altem Datum war ja die

Gleichsetzung der Kant'schen und der Platonischen Unterscheidung zw[eier]
Welten; der Begriff des Dinges an sich und der der Platonischen Ide[en]
stützen sich gegenseitig und dienen vereint der Fixirung des Willens a[ls]
eines metaphysischen Wesens zur Folie. Begünstigt wird das Werden d[ie]ser Vorstellung durch die sich von selbst unterschiebenden Reminiscen[zen]
der Fichte'schen Lehre, die ja gleichfalls, nur in bewußterer Unterscheid[ung]
des zwiefachen Willens, nur mit zäherem Festhalten an dem subjectiv[en]
Standpunkt, die Natur für die Sichtbarkeit des Willens erklärt h[at.]
Begünstigte vielleicht auf der anderen Seite auch die Lehre der Veden [von]
dem Einen, aller Erscheinung zu Grunde Liegenden das Umschlagen [des]
Willens in ein an sich seiendes Naturprincip? — Wie dem sei: noch ein[ein]mal wird hier die Macht einer großen Anschauung anzuerkennen se[in,]
die, aus dem Ganzen seiner Persönlichkeit aufsteigend, schließlich all' jen[en]
Anstößen des Denkens sich unterbreitete. Wie der ruhige, naturergeb[ene]
und künstlerische Sinn Göthe's nach der wesentlichen Form, nach der bil[dend]enden Urgestalt suchte, „mit der die Natur gleichsam nur immer spielt
und spielend das mannichfaltige Leben hervorbringt," so gewann für Scho[pen]hauer alles natürliche Dasein erst Sinn, wenn er ihm denselben hef[tigen,] unruhigen, eigensüchtigen, immer unbefriedigt arbeitenden, unver[träglichen und an sich selbst zehrenden Geist leihen durfte, der auch ih[n]
beständig in Athem hielt, ihn jetzt zum Genuß, jetzt vom Genuß zur Be[gierde, jetzt von Beidem zur Sehnsucht nach absoluter Ruhe drängt.
Ueber der Vertiefung in diese Anschauung mochte er billig vergessen, daß
ihm das Wort des Räthsels zuerst von Fichte war vorgesagt worde[n.]
Mit der ganzen Gewalt der Einbildungskraft warf er sich in die Au[s]führung seiner Entdeckung, und der Einbildungskraft, demselben Vermö[gen,] das im künstlerischen Schaffen die ewigen Ideen ergreift, diesem Ge[schwister gleichsam des besseren Bewußtseins, schien nun auf einmal gestatte[t,]
was er, in beständiger Polemik gegen die Fichte und Schelling, dem Ver[stande so bestimmt untersagt hatte. Seine Naturkunde, begreiflich, kam
ihm in aller Weise zu Statten. Es ist ein Bild, das wir gerne festhal[ten,] wie er, seiner eigenen Erzählung zufolge, mit erregter Geberde i[m]
Treibhause zu Dresden umhergeht und, in Betrachtungen über die Phy[siognomie der Pflanzen vertieft, sich fragt: woher diese so verschiedene[n]
Formen und Färbungen der Pflanzen? was will mir hier dieses Gewäch[s]
in seiner so eigenthümlichen Gestalt sagen? welches ist das innere Wese[n,]
der Wille, der hier in diesen Blättern und Blüthen zur Erscheinung kömmt?
Unwillkürlich kömmt uns das ähnliche Bild in den Sinn, wie Göthe i[n]
dem öffentlichen Garten zu Palermo über dem Anblick all' der vielen a[b]weichenden Gestalten kräftig entwickelter Pflanzen auf die Entdeckung de[r]

.rpflanze, des Musters, nach dem sie alle gebildet seien, sich hingewiesen sieht.

Sich selbst — noch einmal — wie er persönlich war, deutete er in ie Welt hinüber; sein Individuum ist ihm der eigentliche Schlüssel zum Verständniß der ganzen Natur: — was Wunder, daß auch der Beweis ür die Willensgrundlage in allem Sein an das Individuum anknüpft? Sich fühlt er, in erster Linie, im innersten Wesen als Willen. So wird Jeder sich fühlen. So würde die ganze Welt, wenn sie Selbstbewußtsein hätte, sich als Erscheinung eines Willens fühlen. Durch Empfindung, durch Selbstanschauung, durch Phantasieschlüsse stehen ihm die Sätze fest. Aber woher nun Kalk und Mörtel nehmen, um diese Sätze zu verbinden, um sie haltbar zu befestigen? — Erinnern wir uns an die Schrift vom Satze des Grundes zurück, an die unter Fichte'schem Einfluß dort entwickelte Vorstellung von dem Leibe als dem „unmittelbaren Object" sowohl des Erkennens als des Wollens! Der Leib sollte dort für das Erkennen Object werden ohne die Kategorie der Causalität. Kaum aufgestellt, hatte sich diese luftige Vorstellung und mit ihr die eilf übrigen Kant'schen Kategorien verflüchtigen müssen. Sie wird darauf reducirt, daß der Leib vermöge der Sensibilität der Ausgangspunkt alles Vorstellens, das aller Anwendung des Causalitätsbegriffs Vorausgehende ist, und gleich die erste Auflage der „Welt als Wille und Vorstellung" gesteht es (S. 29) ein, daß das sogenannte unmittelbare Object in Wahrheit nicht Object ist. Dieser Begriff ist also frei geworden; er kann eine anderweitige Verwendung finden; von seiner ersten Stelle verdrängt, zieht er sich in einer für das ganze System verhängnißvollen Weise hinüber in die Vorstellung von dem Leibe als unmittelbarem Objecte des Wollens. Diese letztere, ursprünglich durchaus unschuldige, ein causales Einwirken des Wollens auf den Leib besagende Vorstellung bekommt in Folge dessen einen ganz anderen Sinn, den, in Ansehung des Erkennens beseitigten Sinn, daß etwas auch ohne die Kategorie der Causalität Object sein könne, einen Sinn, der nun in den Ausdruck geborgen wird, daß der Leib die „Objectität" des Willens sei. Mit dieser Vorstellung ist, zunächst für das Individuum, ein Uebergang aus dem Wollen in die Erscheinung, aus dem Bereich des besseren Bewußtseins in die sinnliche Welt, ein Uebergang, wohlgemerkt, ohne Anwendung von Verstandesbegriffen gewonnen; ein Schleichweg ist ermittelt, auf dem uns die von Schopenhauer gegen jeden Anderen so streng gehandhabte kritische Grenzpolizei kein Halt zurufen darf! Eine Kleinigkeit nun, den schmalen Pfad zu erweitern, das, was von dem Individuum gilt, auf die ganze Welt zu übertragen! Interessant aber, zu sehen, wie auch diese weitere Willkürlichkeit schon in der Schrift über die „vierfache Wurzel" keimt. In einer Anmerkung zu dem Paragraphen vom unmittelbaren Object nämlich hatte schon dort Schopenhauer sich einen Analogieschluß von dem menschlichen Leibe auf die übrige Natur gestattet. „Es ist," sagt er, „leicht zu bemerken, daß, wenn ich unter den mir mittelbar gegebenen Objecten einige finde von einer der des mir unmittelbaren ähnlichen Beschaffenheit, ich schließe, daß auch sie unmittelbare Objecte des Subjects sind, auch dann, wenn jene Aehnlichkeit mehr oder weniger entfernt ist, wie bei den Thieren. Die Pflanzen geben Anlaß zu der Vermuthung, daß sie zwar unmittelbare, aber nicht vermittelnde Objecte des Subjects sind, d. h. Leben, aber keine Sinnlichkeit haben." Man sieht, sobald die Vorstellung: „der Leib ist die Objectität des Willens" den ganzen Sinn der Vorstellung: „der Leib ist unmittelbares Object des Erkennens" in sich absorbirt hatte, so war es nur eine ganz natürlich sich einstellende, eine fast unausbleibliche Consequenz, jene Anmerkung dahin umzubilden: auch die Thiere, die Pflanzen, kurz alle Naturdinge sind Objectität des Willens.

Und mit dieser letzteren Wendung rücken wir denn nun freilich in eine ziemlich weite Entfernung von der Fichte'schen Lehre vom Willen und von der Bedeutung des Leibes. Daß dieselbe nichts desto weniger im Hintergrunde den ganzen Gang des Schopenhauer'schen Denkens geleitet, geht noch einmal auf's Einleuchtendste aus der näheren Ausführung hervor, die bei ihm die Vorstellung des Leibes als der Objectität oder der „Sichtbarwerdung" des Willens erhält. Er beruft sich auf die vollkommene Angemessenheit des menschlichen und thierischen Leibes zum menschlichen und thierischen Willen, auf die unbedingte Zweckmäßigkeit, auf die teleologische Erklärbarkeit des Leibes. Jeder, der Fichte's Sittenlehre und Naturrecht gelesen, weiß, wie genau damit die Fichte'sche Deduction des Leibes als des unmittelbaren Instruments unseres Willens übereinstimmt. Schon Herbart hat darauf hingewiesen, nur daß Herbart noch meinen konnte, nur die Wissenschaftslehre sei dem Verfasser der „Welt als Wille und Vorstellung" bekannt gewesen. Wir wissen jetzt, daß Schopenhauer die genannten Fichte'schen Werke mit der Feder in der Hand durchstudirt hat. Die ursprüngliche Beschränktheit meiner Freiheit ist nach Fichte meine Natur. Diese meine Natur ist ein Trieb, Trieb zur Selbsterhaltung. Die Beziehung der Mittel auf diesen Zweck geschieht unmittelbar und absolut ohne alle zwischenliegende Erkenntniß, Ueberlegung oder Berechnung — mein Leib ist das unmittelbare Instrument meines Willens, er ist als solcher articulirter Leib. In diesen Fichte'schen Sätzen liegt implicite die ganze Schopenhauer'sche Theorie nicht blos vom Leibe sondern auch von der Welt als der Objectität des Willens, die im Einzelnen eben deshalb aus den unbewußten Zwecken des Willens gedeutet werden müsse. Nur durch die Beseitigung der bei Fichte zu Grunde liegenden Vernünftigkeit und Freiheit des menschlichen Willens, nur durch den Zuschlag andererseits der lebendigsten Naturanschauung unterscheidet sich Schopenhauer von Fichte. Daß seine Lehre nichts desto weniger seine ureigene Erfindung sei – diese Einbildung mag man dem im Punkte der Selbstschätzung völlig unzurechnungsfähigen Manne gönnen: für jeden Dritten kann davon keine Rede sein.

Tauchten indeß die Gedanken der Fichte'schen Schriften vielleicht nur als älterer Erinnerung in ihm auf, so war es anders mit den Gedanken des französischen Materialismus. Erst jetzt las er Cabanis und Helvetius. Was er diesen verdanke und wie die Lectüre ihrer Schriften Epoche bei ihm gemacht habe, gesteht er willig ein. Die Lehren namentlich des Ersteren, dessen wissenschaftliche Zuversicht, dessen exacte Methode und durchsichtige Darstellungsweise dem in naturwissenschaftlichen Studien Vielbewanderten imponiren mußte, gingen so gut wie völlig unverarbeitet in das werdende System über. Der Depotenzirung des freien Willens zum Naturwillen schien vortrefflich die Herabsetzung des Intellects auf eine Function des Gehirns zu entsprechen. Schon nach der Theorie von der Duplicität des Bewußtseins war ja die Vernunft sehr geringschätzig behandelt worden: er fand jetzt für die Nichtigkeit des zeitlich-vernünftigen Bewußtseins, für die secundäre Natur des Intellects einen erwünschten sinnlichen Ausdruck in der materialistischen Ansicht von dem Wesen des Geistes. Indem er Kant und Cabanis, so verknüpfte er sein eigenes philosophisches mit seinem naturwissenschaftlichen Interesse.

Nicht zum ersten Mal seit dem neuen Aufschwung der Naturwissenschaft wurde eine solche Combination von Physik und Metaphysik versucht. Wenn er irgend um die Einreihung jener physiologischen Anschauungen in den Zusammenhang des Systems verlegen war: — die Schelling'sche Naturphilosophie lieh ihm das Schema dazu her. Zu oft in der That verräth er, zwischen allen Ausfällen auf Schelling, seine geheime Zuneigung zu dem Geist und der phantasiereichen Manier dieses Philosophen, als daß man die Aehnlichkeit der beiderseitigen Systeme für zufällig halten dürfte. Ganz wie Schelling in der Naturphilosophie eine „physikalische Erklärung des Idealismus" gegeben haben wollte, ganz so giebt das zweite Buch der „Welt als Wille und Vorstellung" eine, nur handgreiflichere, durch die Hereinnahme der materialistischen Ansichten concreter vermittelte Erklärung, eine Entstehungsgeschichte des Bewußtseins. Der „erloschene" Geist ist nach Schelling „die Kraft, wodurch Metalle sprossen, Bäume im Frühling aufgeschossen," und dieser „Riesengeist" lernt zuletzt „im Kleinen Raum gewinnen, darin er zuerst kommt zum Besinnen." Nun wohl, jene selbe Kraft ist bei Schopenhauer der Wille, und im Menschen allererst hat dieser Wille „sich ein Licht angezündet." Der Unterschied der Anschauungen ist ja wohl klar, aber eben so klar, daß das systematische Gerüst hier wie dort das gleiche ist. Die Objectivationsstufen des Willens, von denen jede höhere die niedere voraussetzt, sind in den Potenzen der Schelling'schen Naturphilosophie vorgebildet, und ganz wie nach den Erklärungen der Identitätslehre, so wird auch in der „Welt als Wille und Vorstellung" wechselsweise das Objective aus dem Subjectiven, das Subjective aus dem Objectiven abgeleitet, so sind auch hier Natur- und Transcendentalphilosophie die beiden gleichberechtigten, im Kreise in einander zurücklaufenden Richtungen der Philosophie.

Und soweit also, soweit ungefähr läßt sich der Genesis des Schopenhauer'schen Systems nachkommen. Die Geschichte dieser Genesis ist die Lösung des Räthsels, wie so viele unzusammenstimmende Züge dennoch den Eindruck Einer und zwar einer anziehenden und charaktervollen Physiognomie machen können.

Es ist in einer Stelle der Parerga, wo Schopenhauer dem Urheber der Naturphilosophie den Rang eines Eklektikers zuspricht, der aus Plotin, Spinoza, Jacob Böhm und Kant ein Amalgam bereitet, der die Naturwissenschaft unseres Jahrhunderts dazu benutzt habe, den Spinoza'schen abstracten Pantheismus zu beleben. Die Charakteristik trifft mutatis mutandis auf den Verfasser der Parerga selbst zu. Ein noch wunderlicheres Geschichtenerzählen, ein noch nackter zu Tage liegendes Zusammenheften fremder Gedankenelemente! Und doch, die Bezeichnung eines Eklektikers paßt weder auf den Einen noch auf den Andern. Sie paßt auf Schelling nicht, weil, wenigstens in seiner besseren Zeit, die fremden Elemente durch die Kraft origineller Combination, durch die Einstimmung mit den geistigen Bedürfnissen der ganzen Epoche getragen werden. Sie paßt auf Schopenhauer nicht, weil eine noch viel buntscheckigere Menge von heterogenen Bestandtheilen durch die Gewalt einer subjectiven Empfindungs- und Charakterweise zusammengehalten wird. Die allerdünnsten Fäden dienen äußerlich zur Verknüpfung: das innere Band ist die Energie der Schopenhauer'schen Persönlichkeit und der aus dieser Persönlichkeit erwachsenen Grundanschauung von der Macht und von der Qual des egoistischen Willens, von der selbstgenügsamen Seligkeit ästhetischer oder theoretischer Betrachtung.

6.

Im Sommer des Jahres 1818 konnte Schopenhauer das Manuscript der „Welt als Wille und Vorstellung" abschließen. Charakteristisch der Titel; charakteristisch das von Göthe entlehnte Motto: „Ob nicht Natur zuletzt sich doch ergründe?" — charakteristisch die „statt der Einleitung" vorgesetzte Vorrede. Es war eine Vorrede voll Anmaaßung und Dünkel. Hier endlich wird der Welt die längst gesuchte, die wahre Philosophie mitgetheilt. Ein Buch, nach Inhalt und Form keinem andern vergleichbar, muß dasselbe auch anders gelesen werden als gewöhnliche Bücher. Und in einem Tone, sehr abweichend von dem bescheidenen seiner Erstlingsschrift, spricht der Vorredner mit unholdem Spott von dem Treiben der zeitgenössischen Philosophie, mit hochmüthiger Resignation davon, daß das Werk immer nur für Wenige sein werde und daß ohne Zweifel der Wahrheit, die es enthalte, wie allezeit aller Wahrheit, nur ein kurzes Siegesfest beschieden sein werde „zwischen den beiden langen Zeiträumen, wo sie als paradox verdammt und als trivial geringgeschätzt wird."

Ohne den Druck des Buches abzuwarten, das erst im November erschien,*) im Vollgefühl des gelungen Vollbrachten, eilte er, nach Kunst- und Lebensgenuß verlangend, über die Alpen. Daß er unter dem italiänischen Himmel nicht etwa praktische Uebungen in der Askese machte, daß er es, um mit Heinse's Arbinghello zu reden, nicht verschmähte, sich mit dem Schönen zu vereinigen, wo er es fand, ist zur Genüge durch seine eigenen Geständnisse bezeugt. Wie aber wirkte dieser italiänische Aufenthalt auf die weitere Entwickelung seines Geistes? Auszüge aus seinem Reisetagebuch liegen uns zur Seite. Sie zeigen uns, daß Kunst und Natur, Welt und Menschen kaum noch einen bildenden Einfluß auf ihn übten. Er war nicht wie Göthe oder wie Winkelmann in Italien. Er lernte Mancherlei zu, aber er lernte nirgends um. Den Kunstwerken gegenüber fehlte es ihm von Hause aus an dem Sinn eindringender Anschauung, den Menschen gegenüber an jener Hingebung, die den Verkehr mit Andern fruchtbar und bildend für Herz und Geist macht. Mit jenem extremen krankhaften Selbstgefühl, das ihn schon jetzt von dem Denkmal träumen ließ, welches die Nachwelt dem Entdecker des Welträthsels setzen werde, war er mitten unter Statuen und Gemälden, bei allen Studien und in der mannichfaltigsten gesellschaftlichen Bewegung dem armen Reichen gleich, der den Gedanken an sein Gold nicht loswerden kann. Immerwährend wiegt er sich in dem Gefühl seines eigenen Werthes, befestigt er sich in der wahnsinnigen Einbildung, daß unendliche Fernen ihn von

---
*) Mit der Jahreszahl 1819 im F. A. Brockhaus'schen Verlag, XVI und 725 S.

den übrigen Menschen, von dem „Kröten- und Otterngezücht" trennen, das er doch immer wieder für Seinesgleichen nehme. Alle Reiseerlebnisse, alle Anschauungen von Land und Leuten spiegeln ihm immer nur die Welt, die er sich in seinem Buche aufgebaut hatte. Mit der Befangenheit des Systems und mit der zwischen Verdrossenheit und Ueberhobenheit schwankenden Stimmung, aus der dasselbe entsprungen, sieht und mißt er Alles; er sucht und findet nur Bestätigungen dieses Systems; alle geistige Nahrung, die er von Außen aufnimmt, verwandelt sich in Anmerkungen und Zusätze zu der „Welt als Wille und Vorstellung." Wie wir aber den Mann schon von früher her kennen, so ist das nicht eine vorübergehende Eingenommenheit. Ein allzu zeitig versteiftes und verkrümmtes Genie, ist er doppelt fertig mit dem Moment, wo sein System fertig geworden. Alles, was folgt, hat nur noch ein pathologisches Interesse. Auf die Entstehungsgeschichte des Systems folgt die Krankheitsgeschichte desselben, und immer deutlicher treten durch diese, immer unliebenswürdiger und immer abstoßender die Züge der Schopenhauer'schen Persönlichkeit hindurch.

Zwar, das Schicksal hatte es gut mit ihm im Sinne. Drohende Vermögensverluste veranlaßten ihn früher als es eigentlich seine Absicht gewesen, zur Rückkehr in die Heimath und drängten ihm den sehr vernünftigen Entschluß auf, als Docent an einer Universität sein Heil zu versuchen. Was hätte er Besseres thun können, als sich in angestrengter Arbeit der mündlichen Verkündigung einer Lehre zu widmen, von der er überzeugt war, daß sie dem Menschengeschlechte alles das gewähre, was dasselbe bisher vergeblich in aller Philosophie und aller Religion gesucht habe? Er entschied sich nach einigem Schwanken zwischen Heidelberg, Göttingen und Berlin für die letztere Universität und betrieb dort im Frühjahr 1820 seine Habilitation. Ein offenbares Docirtalent stand ihm zur Seite. Die Proben, welche Frauenstädt aus den Vorlesungen mitgetheilt hat, in denen er alsbald das Ganze seiner Philosophie vorzutragen sich anschickte, bekunden dieselbe Gabe des Klar- und Anschaulichmachens, die seinen Schriften einen so großen Reiz verleiht. Aber Kathedererfolge werden nicht im Sturm erobert. Daß der Neuling neben der Herrschaft, welche Männer von schon befestigtem wissenschaftlichen Ansehn wie Hegel und Schleiermacher über die Jugend ausübten, nicht sogleich durchdringen konnte, das war, ganz abgesehen von der Beschaffenheit seiner Lehre, nur natürlich. Eben das jedoch war dem hochmüthigen Manne unerträglich. Der ernsteste Eifer, die zäheste Ausdauer wäre nöthig gewesen, ihn vorwärts zu bringen. Nicht blos für sich, sondern auch für Andere hätte er an das Heil der Wahrheit, in deren Besitz er sich träumte, glauben, mit dem Gefühl sittlicher Verpflichtung glauben müssen, um gegen Wind und Wellen unverdrossen anzukämpfen. Seine maaßlose Selbstüberschätzung, seine Verachtung der Menschen, seine Verwöhntheit und sein quietistischer Egoismus ließen es nicht zu. Nachdem er ein halbes Jahr hindurch vor einer Handvoll Zuhörer den Inhalt seines Buches in mündlichem Vortrage exponirt hatte, warf er, verstimmt über den kümmerlichen Erfolg, die Flinte in's Korn. Eine neue Reise nach Italien, — ein nochmaliger fehlschlagender Versuch in Berlin zu lesen — und seine Docentenlaufbahn war zu Ende.

Es war das, wie gesagt, die Schuld des Lehrers: es war mindestens ebenso sehr die Schuld der Lehre. So wie dieselbe war, durfte sie nicht bleiben, wenn sie nicht blos frappiren und unterhalten, sondern wissenschaftliches Interesse erwecken sollte. In ihrer Entstehung war es begründet, daß ihr mit der begrifflichen Vermittelung zwischen dem genialen Aperçu und der Reflexionsform der eigentlich wissenschaftliche Charakter, die überzeugende Form und folglich die Fortpflanzungsfähigkeit abging. In aller Beziehung merkwürdig ist ein, nach Frauenstädt's Angabe aus der Zeit der Berliner Vorlesungen stammender Versuch unseres Docenten, die Vernunftlehre mit einem Capitel eigener Erfindung zu bereichern. Er entwirft eine „eristische Dialektik," die Grundzüge einer Lehre von der Kunst, im Disputiren per fas et nefas Recht zu behalten — er will der Machiavell der Logik werden. So hat er später eine Theorie der Lebenskunst zur Seite seiner Lehre von der Verneinung des Willens zum Leben zusammengestellt, — so liegen immerwährend seine empirischen, praktisch-realistischen Neigungen, sein Behagen an der niederen Natur des Menschen dualistisch neben jenem überstiegenen und übersichtigen „besseren Bewußtsein." Immer baut er sich am liebsten da an, wo ihm nicht so leicht ein Anderer nachbauen wird: er gefällt sich im Aparten und Absonderlichen. Darum macht er einen Ansatz zu wissenschaftlicher Begründung gerade an der Stelle, wo die Wissenschaft am Ende ist und versäumt dagegen die methodische Durchbildung da, wo sie unerläßlich hingehört. Schon daß er irgendwo dazu die Anstalt trifft, ist nichts desto weniger ein Beweis, daß die Universitätsluft den heilsamsten Einfluß auf eine mögliche Umgestaltung oder Fortbildung seiner Philosophie geübt haben würde. Und es bedarf dafür keines Beweises. Im weiteren Lehren hätte er die Lehrbarkeit und damit die wissenschaftliche Stichhaltigkeit seines Systems erprobt. Im Eingehen auf die Anforderungen seiner Zuhörer an die Verständlichkeit und Annehmbarkeit des Vorgetragenen würde er genöthigt worden sein, aus sich selbst herauszugehen, von sich selbst loszukommen. Er würde der offenbaren Lücken und Widersprüche seines Systems inne geworden, er würde zu klaren Definitionen seiner Begriffe, zu einer stätigen Verknüpfung, zu strenger dialektischer Durchführung derselben, er würde mit Einem Worte gezwungen worden sein, die romantische Methode ein wenig durch die scholastische zu verbessern.

Damit jedoch nicht genug. Echte Philosophie pflegt sich nicht am wenigsten durch den befruchtenden Einfluß zu legitimiren, den sie auf die übrigen Wissenschaften ausübt. An unseren Universitäten gerade wird das lebhafte Ineinandergreifen der einzelnen Zweige des Wissens, ihr Zusammenhang mit der höchsten Wissenschaft, die Verpflichtung dieser gegen jene am anschaulichsten und fühlbarsten. Hier daher hätte auch Schopenhauer dazu fortgehen müssen, die allgemeinen Gedanken seiner Weltansicht zu den besonderen Disciplinen in Bezug zu setzen; hier hätte er sich der Aufforderung nicht entziehen können, jene Grundgedanken in den Organismus der Wissenschaft hineinzuarbeiten. Statt von zufälligen Aperçus, von zerstreuten Kenntnissen, von aufgerafften Einzelheiten zu phantastischen Allgemeinheiten überzuspringen, hätte er die Durchführbarkeit seiner höchsten Gesichtspunkte an dem Ganzen der Naturwissenschaft, an dem Ganzen der Ethik, der Rechtswissenschaft, der Aesthetik zu erproben nicht umhin gekonnt. Bald genug würden sich dabei jene Spielereien mit naturwissenschaftlichen Dingen, jene geistreiche metaphysische Pfuscherei mit psychologischen Erscheinungen verboten haben. Das geringste tiefere Eingehen auf die Psychologie, in der That, würde für sich allein ausgereicht haben, ihm seine Deutung der Welt aus dem Willen von Neuem verdächtig zu machen. Sehr bemerkenswerth ist es in dieser Beziehung, daß die transcendentale Erklärung der Erfahrung, der erste Theil der Schopenhauer'schen Philosophie, sich noch sehr wohl mit psychologischen Untersuchungen vertrug. Die erste Auflage der Abhandlung über den Satz vom Grunde handelt in besonderen Paragraphen über Phantasmen und Träume und das Vermögen der Phantasie, über das Gedächtniß, über die verschiedenen Klassen der Gefühle, Affecte und Leidenschaften. Der einzige Paragraph über das Gedächtniß ist in der späteren Umarbeitung stehen geblieben, während die genannten anderen Erörterungen nun ausdrücklich als in die empirische Psychologie gehörig abgelehnt werden. Mit dem Auftreten der Lehre vom Willen blieb eben für das Psychologische kein Platz; ohne Weiteres verdampfte dasselbe in Metaphysik. Eine Kritik der Phantasie würde die Lehre von den Ideen, eine Kritik des Gefühls vielleicht den ganzen Rest des Systems zerstört haben.

Endlich aber. Wenn es überhaupt noch ein Mittel gab, die Ichsucht und die verhärtete Einseitigkeit des Mannes zu brechen, — nichts so sehr als die Stellung an der Universität, der hier gebotene Wettkampf hätte diese heilsame Cur an ihm vollbringen können. Auch wenn er den lebendigen Gedankenaustausch mit Fachgenossen verschmähte: schon die Pflicht des Docirens hätte ihn zu ernstlicherem Eingehen auf fremde Anschauungen, zur wissenschaftlichen Auseinandersetzung mit anderen Systemen bringen müssen. Er hatte ehedem diesen Weg des Lernens nicht unbetreten gelassen. Daß es ihm an analytischem Scharfsinn, an kritischem Talent nicht fehlte, ist hinreichend durch seine ausführliche Kritik der Kant'schen Philosophie, durch einzelne kritische Excurse und gelegentliche kritische Bemerkungen bewiesen. Er hat übrigens und gerade da, wo es am unerläßlichsten war, solche Auseinandersetzungen unter seiner Würde gehalten; weitaus am öftesten hat er es vorgezogen, der Welt sein Talent des Absprechens und eine wahrhaft virtuose Fertigkeit des Schimpfens zu zeigen. So nackt ist die „göttliche Grobheit" der romantischen Doctrin nirgends sonst im Bezirk der Wissenschaft aufgetreten. Fichte sowohl wie Schelling kommen dem Ideal der Grobheit ziemlich nahe, aber die barschen und harten Abfertigungen des Ersteren treten in der Form der Deduction, die ausgesuchten Bosheiten des Anderen im Gewande vornehmer Ironie auf. Die Grobheit Schopenhauer's ist reine, positive, ungeschminkte Grobheit. Der Ton, der ihm allein passend scheint, um seine Meinung über Männer wie Fichte, Schelling, Herbart und Hegel kundzugeben, ist der, in welchem sich Matrosen und Fuhrknechte, Gassenjungen und Fischweiber ihrer gegenseitigen Zuneigung und Hochachtung versichern. Die wissenschaftliche Form, deren Umständlichkeit diesem Mann überhaupt unbequem ist, dünkt ihn für die Polemik vollends ein Luxus; wie er seine persönliche Stimmung in Ethik und Metaphysik, so setzt er seine Abneigung gegen die zeitgenössische Philosophie in leidenschaftliche Invectiven, in eine Fluth von Schimpfworten um. Und daß nur Niemand etwa denke, unserem Autor könne die Lessing'sche Unterscheidung einer ungesitteten und einer unmoralischen Art zu streiten zu gute kommen. Zu streiten? Das hieße mit Gründen kämpfen. Nur einmal hat er sich öffentlich herbeigelassen, dem armen Hegel förmlichst das Exercitium zu corrigiren. Darauf hin, daß er, der Incorrecteste aller Denker, dem großen Systematiker zwei oder drei incorrecte Schlüsse nachgewiesen, — darauf hin schüttet er bei jeder passenden und jeder unpassenden Gelegenheit sein reiches Vocabularium von Kraftwörtern über das Haupt desselben aus. Derselbe ist ihm ein „gemeiner Kopf," ein „frecher Unsinnsschmierer," ein „geistloser und unwissender Charlatan," seine Philosophie eine „Hanswurstiade," die „rechte Schule der Plattheit," ja, nicht nur die heutige Herrschaft der atomistischen Ansicht in der Naturwissenschaft, sondern auch der Deutschkatholicismus soll eine Frucht der durch Hegel herbeigeführten

„Seichtigkeit, Rohheit und Unwissenheit" sein. Man könnte, wenn man bei guter Laune ist, diese in die Luft gethanen Streiche possierlich finden, wenn es jemals etwas Erfreuliches haben könnte, einen Mann, der doch seiner gesunden Sinne nicht beraubt scheint, mit besinnungsloser Wuth auf den Gegenstand seiner Antipathie losfahren zu sehen. Seiner Antipathie. Denn gewiß, mit dem Ausdruck seines Abscheus vor der „allerekelhaftesten Langweiligkeit," die über dem „Wortkram dieser widerlichen Philosophaster" — der nachkantischen Philosophen — schwebe, ist es aufrichtig gemeint; wir glauben es ihm ohne Schwur, daß ihm bei der Lecture der Herbart'schen Schriften immer bald die Geduld ausgegangen, und es ist guter Grund zu der Annahme, daß er in den Hegel'schen und Schleiermacher'schen Schriften nicht viel weiter gekommen. Nur zu begreiflich, daß er, von seiner Lockisirenden Erkenntnißtheorie aus, in dem Hegel'schen System nichts als „leere Begriffsphilosophie und hohlen Wortkram," als ein „Ballet der Selbstbewegung der Begriffe" erblickte. Begreiflich, daß er keine Ahnung davon hat, welch' ein zartes, tiefes, reines und gebildetes sittliches Gefühl den „langweiligen Diatriben" der Schleiermacher'schen Ethik zu Grunde lag, keine Ahnung davon, daß die ganze Hegel'sche Logik bewußter Weise auf nichts Anderes ausging, als darauf, im Elemente des Denkens selbst der Anschauung ihre verkümmerten Rechte zurückzuerobern. Begreiflich — aber auch verzeihlich? An seinem eigenen Systeme, wahrlich, hat er hinreichend dieses Verachten und Ignoriren fremder Leistungen gebüßt; denn wieviel er, um von den einzelnen Problemen nicht zu reden, an Gewissenhaftigkeit und Accurateſſe von Herbart, an methodischer Geduld von Hegel, an Feinheit und architektonischer Kunst von Schleiermacher hätte lernen können, das springt bei dem oberflächlichsten Vergleich der Systeme dieser Männer in die Augen. Aber freilich, auch die Fähigkeit zu lernen, ist eine sittliche Fähigkeit, und wir suchen sie vergebens bei einem Manne, der von der Einzigkeit und Unvergleichlichkeit seines eigenen Geistes dergestalt durchdrungen ist, daß er an seinen Sätzen wie an seinem Leben hängt und jeden Widerspruch dagegen ungefähr so aufnimmt, wie ein Thier den Angriff auf die Beute, auf die es seine Tatzen gesetzt hat. Diese rohe und bissige Art der Vertheidigung seiner Dogmen ist eben nur die Kehrseite von der jähen Unmittelbarkeit, in der sie entstanden sind. Es pflegt im politischen Leben zu geschehen, daß ein leidenschaftlicher Parteigänger seinen Haß und Eifer mit öffentlicher Tugend und sittlicher Verpflichtung verwechselt. In ähnlicher Weise werden unserem Philosophen seine Antipathien zu eingebildeten Pflichten, die er gegen „die Wahrheit" habe. Ein ehrwürdiger, geheiligter Name! Niemand hat öfter als Schopenhauer diesen Namen im Munde

:führt, Niemand mit mehr rhetorischem Pathos ihn als Trumpf aus-
gespielt, Niemand nachdrücklicher versichert, daß es ihm um die Wahrheit
allein und ihm allein um Wahrheit zu thun sei. Wie stimmen doch diese
Verherrlichungen der Wahrheit mit dem, was den wirklichen Kern und
das eigentliche, tiefste Pathos seiner Lehre ausmacht? Wo liegt doch der
unendliche Werth, den die Entdeckung der Wahrheit für uns Andere hat,
für eine Anschauung, welche den ganzen Reichthum wirklicher Erkenntniß
mitsammt der gestaltenreichen Welt für eine Erscheinung erklärt, von der
man nicht früh und nicht völlig genug enttäuscht werden könne, und welche
die geschichtliche Entwickelung des Menschengeschlechts für ein eben solches
Spiel vergänglicher kaleidoskopischer Bilder hält? Wir können uns nicht
helfen, es geht uns mit diesem Trumpfen auf Wahrheit, wie wenn wir
im gewöhnlichen Leben einen Mann unaufhörlich und unaufgefordert Be-
theuerungen seiner Ehrlichkeit abgeben hören. Die Ehrlichkeit ist eine so
selbstverständliche Tugend im Handel und Wandel wie die Wahrheit im
Philosophiren. Beide beweisen sich durch die That, und Niemand, sicher,
ist weniger von dem keuschen Geiste der Wahrheit durchdrungen, als wer
sie zum Deckmantel eines mehr als pfäffischen Fanatismus, einer Scho-
nungslosigkeit und Unduldsamkeit macht, die in der Wahl der Mittel
und Worte absolut scrupellos ist. Wie durch die Löcher des Mantels jenes Sokratikers, so blickt durch alles pathetische Gerede von Wahrheit
der rechthaberische, der anmaaßliche und unlautere Sinn unseres Autors
hindurch.

Denn nein! Es ist nicht blos eine sachlich motivirte Antipathie,
nicht blos die innere Gegensätzlichkeit seiner zu den angegriffenen Meinungen, was den Cynismus dieser Angriffe erklärt. In dunkleren und
immer dunkleren Farben zeichnet sich durch das polemische Gebahren des
Mannes seine Persönlichkeit und sein Charakter hindurch. Aus
seinen eigenen Schriften und vollends aus den Actenstücken, die wir
dem urtheilslosen Eifer seiner Anhänger verdanken, geht mit peinlicher
Gewißheit hervor, daß zu den hervorstechendsten Zügen seines Charakters Anmaaßung, Neid, Schadenfreude und unversöhnliche Rachsucht ge-
hörten. Die beiden Eigenschaften, die uns selbst unbedeutende Menschen werth machen und die, wenn sie sich vereint mit hohen Gaben
des Geistes finden, unsere Verehrung zur Liebe stimmen, Bescheidenheit
und Gutmüthigkeit, waren nicht das Erbtheil dieses ungewöhnlichen Menschen. Pfui über die Philistertugenden! Das Göthe'sche Wort, daß nur
die Lumpe bescheiden sind, ist unter den Lieblingsthemen, die er nicht
müde wird, zu variiren. Nicht minder offen, mit wahrhaft schamloser
Naivetät, trägt er seine Schadenfreude und Unversöhnlichkeit zur Schau.

Die Leser des zweiten Bandes der „Welt als Wille und Vorstellung" werden sich der Stelle erinnern, in der er, bei Gelegenheit der Erwähnung Fr. Schlegel's, er, der Lobredner der christlichen Ethik selbstvergessener Liebe, die erhabene Maxime aufstellt, daß Obscurantismus eine Sünde gegen den menschlichen Geist sei, die man nie verzeihen, sondern „dem, der sich ihrer schuldig gemacht, dies unversöhnlich, stets und überall nachtragen und bei jeder Gelegenheit ihm Verachtung bezeugen soll, so lange er lebt, ja, noch nach dem Tode." Die Leser der Parerga erinnern sich auch wohl der in noch späterer Zeit geschriebenen Stelle, wo er im Ton eines hämischen Buben sich an dem Spotte kitzelt, der schon jetzt die Deutschen wegen ihrer Bewunderung der Hegel'schen Afterphilosophie von Seiten ihrer Nachbarn treffe. Wir haben in dieser Stelle den ganzen Mann. „Geht," ruft er seinen eigenen Landsleuten zu, „geht zu den Demokraten und laßt euch loben. Tüchtige, plumpe, von Ministern aufgepuffte, brav Unsinn schmierende Charlatane, ohne Geist und ohne Verdienst, — das ist's, was den Deutschen gehört; nicht Männer wie ich." Unter den Sätzen seiner Lebensweisheit endlich findet sich auch der, daß Vergeben und Vergessen nichts Anderes heiße, als gemachte kostbare Erfahrungen zum Fenster hinauswerfen. Er hat diesem Spruche getreulich nachgelebt. Nicht blos gegen den Obscurantismus hat er sich, im Namen des Geistes der Menschheit, unerbittlich gezeigt. Eine unverzeihlichere Sünde war in seinen Augen die, ihn selbst, den Entdecker „noch nie dagewesener Gedanken," ihn, den „nicht für Ein Geschlecht, sondern für viele" Geborenen, verkannt oder beleidigt zu haben. Seit die dänische Akademie ihm den Preis, den er, ein zweiter Columbus, für die Lösung des gestellten Problems verdient zu haben glaubte, verweigert und ihm überdies seine unehrerbietigen und absprechenden Urtheile über die geachtetsten Philosophen zum Vorwurf gemacht, seitdem bricht er jede Gelegenheit vom Zaune, um seinem Unmuth darüber in Hohn gegen die Akademie, in stärker aufgetragenen Schmähungen gegen die „summi philosophi" Luft zu machen. Doch statt aller Anführungen eine Geschichte. Ein Jahr nach dem ersten Erscheinen der „Welt als Wille und Vorstellung" hatte Beneke, damals ein ganz junger Mann und angehender Docent, eine Recension des Buches in die Jenaische Literaturzeitung geschrieben. Die Recension war nicht schmeichelhaft und der Recensent hatte es obenein mit dem Citiren der Worte des Autors nicht allzu genau genommen. Die Erbitterung Schopenhauer's über diesen Versuch, „ihn zu unterminiren," die Entrüstung desselben über die „erlogenen Citate" suchte darauf der junge Mann durch mündliche Erklärungen entschuldigend zu beschwichtigen; zweimal läßt er sich bei seinem Collegen anmelden, zweimal wird er abgewiesen. Darüber sind vierunddreißig Jahre verflossen. Da ging durch alle Zeitungen die Nachricht, daß jener Mann, der sich inzwischen durch seine consequenten wissenschaftlichen Bestrebungen eine gewisse Anerkennung selbst bei den Gegnern seiner Richtung errungen hatte, durch langjährige Noth und Zurücksetzung auf's Aeußerste gebracht, seinem Leben selber ein Ende gemacht habe. Das Schicksal des Mannes erweckte mit Recht allgemeine Theilnahme; — nur Einer haßte noch jetzt so frisch wie am Tage, nachdem er jene Recension gelesen hatte: nur Schopenhauer nahm eine letzte Rache, indem er sich brieflich in Worten des rohesten und herzlosesten Spottes über den Unglücklichen ausließ!

Es ist nicht unsere Absicht, in's Geschichtenerzählen zu gerathen. Das Mitgetheilte soll einzig zu unserer Rechtfertigung dienen, wenn wir unbedenklich die Polemik Schopenhauer's noch aus anderen als sachlichen, wenn wir sie zur größeren Hälfte aus persönlichen und zwar aus den niedrigsten und unwürdigsten Motiven erklären. Sein Verhalten gegen Fichte steht hier in erster Linie. Daß er ihn einmal über das andere Mal einen „Windbeutel," daß er ihn „den Affen Kant's" nennt, der, da er Kant nicht habe übertreffen können, ihn wenigstens habe überbieten wollen, — diese Behauptungen, in diesem Jargon vorgebracht, mag zur Noth der Gegensatz der Denkweise entschuldigen. Aber wer vermag es gleichmüthig zu ertragen, wenn wiederholt versichert wird, daß es Fichte an dem echten philosophischen Ernst gefehlt habe, daß es ihm lediglich um sein Fortkommen zu thun gewesen sei, daß er mit seiner Philosophie habe Carriere machen wollen? Wir fürchten, wir haben Schopenhauer's Verhältniß zu Fichte bisher zu gutmüthig beurtheilt. Die Beflissenheit, mit der er sich von dem Wissenschaftslehrer lossagt, die nachdrückliche und renommistische Betonung seiner Originalität gerade bei den Punkten seiner eigenen Lehre, für welche Fichte's Autorität offenkundig ist, das erschwert die Unverantwortlichkeit jener Anklagen und stempelt sie zu unfreiwilligen Geständnissen, daß er allzuviel, mehr als sein Egoismus ertragen mochte, von dem Manne gelernt hatte. Und ebenso. Daß Herbart der Erste war, der gegen ihn schrieb, daß Hegel und Schleiermacher zu derselben Zeit das Katheder beherrschten, als er selbst einen ohnmächtigen Versuch machte, dasselbe zu occupiren — das ist es, was er nicht ertragen und nicht verzeihen kann. Fichte und Schelling sind es, von denen er beständig seinen Anspruch auf Originalität bedroht sieht, Hegel vor Allem ist es, der in der Bildung der Zeit, in der Anerkennung der Zeitgenossen durchgedrungen ist: das fordert Rache, das allein erklärt den giftigen Haß und die pöbelhafte Sprache, in der er denselben ausläßt. Um in der Terminologie des Systems zu bleiben: es ist die Bejahung des Willens zum Leben, die sich blind gegen alles

andere Lebendige lehrt. Die Praxis unseres Philosophen erinnert an nich[t]
so sehr wie an die jener Gewaltherrscher, deren Moral Machiavelli cod[i]-
ficirte. Entschlossen, sich im Gebiete des Denkens eine Tyrannis [zu]
gründen, scheut er keine innere und keine äußere Gewaltthat — kein[en]
Widerspruch im Inneren, keine Lüge, keine List, keinen Schimpf, keine [Ver-]
leumdung, keinen moralischen oder intellectuellen Mord nach Außen.

Nur natürlich aber, daß Schopenhauer von allen Einzelangriffen au[ch]
zu einem Gesammtangriff fortschritt. Vielmehr aber: die Leidenschaft[lich]-
keit und Rohheit, die in ihm tobte, würde ihn erdrückt haben, wenn [er]
nicht die Fähigkeit innegewohnt hätte, sich irgendwie durch Reflexion dar[über]
zu erheben. Der unwiderstehliche Zug zur Theorie ist es überhaupt, d[er]
ihn davor gerettet hat, durch die furchtbare Sinnlichkeit seiner Natur [zu]
vielleicht schwereren praktischen Verirrungen fortgerissen zu werden. [So]
hatte er das Ganze seines unheimlichen und widerspruchsvollen Wese[ns,]
seine Menschenverachtung und Weltverstimmung in ein System überse[tzt,]
so construirt er sich, seit den zwanziger Jahren, auch das Fehlschla[gen]
seiner Docirversuche, die Erfolge seiner Nebenbuhler und seine Scheu [vor]
wetteifernder Thätigkeit und angestrengter Arbeit zurecht. Nach dem B[ei-]
spiel des Fuchses in der Fabel flüchtet er sich in die fixe Idee von d[er]
Verwerflichkeit aller Kathederphilosophie. Auf Schritt und Tritt stoß[en]
wir auf die Ausführungen, daß die Universitätsphilosophie die Antago[ni]-
stin der echten Philosophie, der freien Liebe zu Weisheit und Wahr[heit]
sei, daß jene unter dem Druck der theologischen Facultät und aller je[ner]
Staatszwecke stehe, welche die Regierungen an die Universitäten knüpf[en,]
daß die Philosophieprofessoren von „Absichten," statt von „Einsichte[n"]
geleitet seien, daß ihnen die höchste Wissenschaft lediglich ein des Bro[tes]
wegen getriebenes Gewerbe sei u. s. f. —, Ausführungen, welche endl[ich]
mit der ganzen Geschwätzigkeit des Alters in einem endlosen Capitel [der]
„Parerga" zusammengestellt werden, einem Capitel, das er Narr ge[nug]
ist, die schönste Invective zu nennen, die seit Cicero in Verrem gesch[rieben]
sei und das in Wirklichkeit nichts als eine Reihe der polternd[en]
Schimpfereien, untermischt mit einer sehr mäßigen Dosis Wahrheit, [ist.]
Alle jene sublimen Theorien von der Herrlichkeit des willensfreien Intell[ects]
im Gegensatz zu dem dem Willen dienenden, von genialer Anschauung [und]
reflectirender Wissenschaft erscheinen hier in etwas gröberem Stoff wie[der-]
holt, ein verwischter, schmutziger Abklatsch der ehedem in metaphysi[sch-]
ethischer Wendung geistvoller und feiner ausgeführten Ideen. Ganz n[ackt]
steht der schlechteste persönliche Kern eben dieser Ideen vor uns, und [wir]
mögen die Wahrheit derselben nunmehr an dem Bilde des Philosop[hen]
prüfen, der, wie die Götter Epikur's, in seliger Selbstgenügsamkeit m[it]

er sich lebt und philosophirt, im Gegensatz zu denjenigen, die mit den höchsten Gedanken zugleich zu wirken, sie in die Wissenschaften und in die Gemüther der Lernenden hineinzusenken bemüht sind.

Wahrlich, es war ein verhängnißvoller Schritt, welchen Schopenhauer that, als er — von der Cholera und einem ängstigenden Traume aus Berlin vertrieben — im Jahre 1831 sich ganz und für immer in das Privatleben, nach Süddeutschland zurückzog. Er hatte damit nach seiner eigenen Meinung das bessere Theil erwählt. Sein Genius bewahrte ihn vor der „Thorheit," welche Göthe beging, als er seine Ruhe, Muße und Unabhängigkeit „für Glanz, Rang, Prunk, Titel und Ehre dahingab!" Der Unselige, Verblendete — den gerade Göthe's Beispiel hätte lehren können, daß der höchste Segen, der dem kraftstrotzenden, genial begabten Manne zu Theil werden kann, darin besteht, wenn ihm vergönnt ist, das Gute in treuer Berufsarbeit zu fördern, um an der Noth und den Verworrenheiten anderer Menschen zur Klarheit in sich selbst und zur Bändigung der ungeregelten Mächte des eigenen Busens zu gelangen! Das Gegentheil von dem Allen erfuhr unser Philosoph, und keine der traurigen Folgen seiner Unweisheit ist ihm erspart geblieben. Die nächste Zeit nach seiner Uebersiedelung in den Süden scheint eine der traurigsten seines Lebens gewesen zu sein. Nur allmählich fand er in der ungezähmten Kraft seines Wesens selbst die Mittel, um das Unerträgliche, die Nichtbeachtung seines Werkes und seiner Lehre, zu ertragen. Auf die Periode, aus der, wie Frauenstädt sagt, leicht ein ganzes Buch des Unmuths sich zusammenstellen ließe und in der er sich, außer mit stiller Aufzeichnung seiner Gedanken, nur mit allerlei Uebersetzungsplänen beschäftigte, folgte die Periode, in der es der Ueberschuß seines Selbstgefühls wieder über die Niedergeschlagenheit davontrug. Er rafft sich nun doch wieder zu schriftstellerischen Versuchen, Versuchen einer Einwirkung auf die Meinung der Mitlebenden auf. Im Jahre 1836 veröffentlicht er, nach achtzehnjährigem Schweigen, das kleine Schriftchen „Ueber den Willen in der Natur." Bald darnach läßt er sich sogar herbei, um die von der norwegischen und der dänischen Akademie ausgeschriebenen Preise zu ringen, und nun, da die Fluth der Hegel'schen Philosophie im Sinken begriffen ist, nun endlich scheint ihm auch der günstige Augenblick zur Erneuerung seines Hauptwerks gekommen. Mit neuen Hoffnungen geht er an die Redaction eines Erläuterungsbandes, betreibt er die Herausgabe des Werkes und rückt so, mit verstärkter Macht, unter herausfordernden Proclamationen, in's Feld. Mit der endlich gewonnenen oder ertrotzten Aufmerksamkeit des Publicums aber kamen endlich die zweiten Auflagen und die zwei Bände der „Parerga und Para-

So viele Veröffentlichungen, so viele Zeugnisse von der unheilbaren Krankheit, von der Stockung der Säfte, die ungewöhnlich früh in diesem starken, überkräftigen Organismus Platz gegriffen hat! Wir nehmen bis auf einen gewissen Grad die beiden Abhandlungen über die Freiheit des Willens und über das Fundament der Moral aus, zwei Abhandlungen, von denen namentlich die erstere im Punkte der Klarheit das Höchste leistet und welche beide der Schopenhauer'schen Ansicht über jene wichtigen ethischen Fragen, wenn nicht eine neue Wendung, so doch eine neue Begründung geben. Noch einmal, in der That, erinnern „die beiden Grundprobleme der Ethik" an den kritischen Geist, an die sachliche Haltung, an die wissenschaftliche Reinlichkeit der Schrift über die vierfache Wurzel. Die Ausnahme jedoch bestätigt nur die Regel. Es ist klar, jene beiden Abhandlungen verdanken ihre Vorzüge dem Anlaß, durch den sie hervorgerufen sind, der Rücksicht auf die Forderungen und das Urtheil der preisausschreibenden gelehrten Körperschaften. Aber aller solcher Rücksichten entbunden, nicht als Bürger der wissenschaftlichen Republik, mit dem trotzigen Gefühle des Alleinstehenden, des Exilirten, der eigentlich berufen sei, allen Anderen das Gesetz zu dictiren, so hat Schopenhauer die übrigen Werke dieser Periode geschrieben. Sie sind nicht Denkmale wissenschaftlicher Fortentwickelung, sondern wissenschaftlichen Stillstandes, das Ergebniß völligen Mangels an Selbstkritik. Die intellectuelle Selbstgerechtigkeit des Mannes, das Wohlgefallen, das er an seiner eigenen geistigen Physiognomie hat, ist unbedingt und grenzenlos. Mit dem Eigensinn eines Kindes, das sich in den Schmollwinkel gestellt hat, erklärt er immer von Neuem seine vorgefaßten Meinungen, seine Launen, seine Einfälle für die Wahrheit. Geflissentlich sperrt er sich von allen Einflüssen fremder Belehrung ab. Er umzieht sich mit einem Kreise von Lieblingslectüre, über den er niemals hinausblickt. Was kümmert ihn die zeitgenössische philosophische Literatur? Immer wieder liest er diejenigen Autoren, aus denen er seine eigenen Gedanken heraus- oder in die er sie wenigstens hineinlesen kann, und die todten, natürlich, diejenigen, die ihm keine Concurrenz machen können, sind ihm die liebsten. Nicht blos in der Philosophie, sondern in allem Wissen hält er es so. Die Autodidaxie, auf die ihn sein Bildungsgang und seine hohe Meinung von sich selbst frühzeitig hingewiesen, macht, daß seine Kenntnisse ebenso einseitig und schief sind wie seine Urtheile und allgemeinen Ansichten. Seine unmethodischen Studien, die er sich capricionirt, auf eigene Hand, unter Zurückweisung der nächstliegenden Hülfsmittel, zu machen, tischt er nichts desto weniger in der zuversichtlichsten, anspruchvollsten Weise auf. Er ist unfehlbar auch in naturwissenschaftlichen Dingen, in Sachen der Geschichte der Philosophie, und Niemand oll sich unterstehen, ihm etwa die neueren Ergebnisse der Sanskritforschung für diejenigen unterzuschieben, die einmal in seinem Anschauungskreise festgewachsen, die in der „Welt als Wille und Vorstellung" den Stempel ewiger Wahrheiten bekommen haben. Mit seinen philosophischen Gegnern hat er sich ein für allemal durch die Theorie von der Universitätsphilosophie abgefunden, aber auch auf dem Gebiet der Gelehrsamkeit giebt es für ihn keine Autoritäten; die größten Forscher, wenn ihre Entdeckungen seine Lieblingsmeinungen kreuzen, werden mit improvisirten Schmähungen zur Seite geworfen. Er verbindet mit dem Muth der Alleinweisheit den ganzen Cynismus der Unwissenheit.

Wie sollte bei solcher Verfassung des Mannes daran zu denken sein, daß er in der Hauptsache, in Beziehung auf seine philosophischen Dogmen, in den Jahren des Mannesalters noch habe umlernen, wie auch nur daran, daß er zu einer Vervollkommnung seiner Methode habe gelangen können? Nur durch die Verachtung aller Methode waren jene Dogmen zu Stande gekommen; statt aller Methode hatte ein genialer „Kniff" gedient und dieser wieder war nur der Exponent seines persönlichsten Wesens gewesen. Am besten vielleicht sieht man in die Werkstätte der Entstehung seiner Lehren in dem Capitel von der Musik, die er, auf der Grundlage einiger hastig zurechtgeschobenen Analogien, für diejenige Kunst erklärt, die, im Unterschiede von den anderen Künsten, den Willen nicht mittelst der Ideen, sondern unmittelbar objectivire. Parallel damit läuft der anderwärts hingeworfene Gedanke, daß sich im Organismus der Wille am unmittelbarsten im Blute objectivire, und mit diesem Parallelgedanken haben wir nahezu den Schlüssel für diese ganze Systemfabrik in der Hand. Die Gedanken dieser Philosophie haben den Werth musikalischer Phantasien und ihre Beweise beweisen nur, daß innere oder äußere Erfahrungen ihren Urheber so oder so zu empfinden und zu wollen nöthigten. So wenig dieser daher seine Natur ändern kann, so wenig kann er aus dem Zauberkreise seiner Metaphysik heraus. Er geht nicht darauf aus, seine Ideen zu vertiefen, sie in sich zu vermitteln und zu bereichern, sondern einzig und allein darauf, sie durch neue Thatsachen in's Unendliche zu multipliciren. Wie früher einige lebendige und bedeutsame Anschauungen sich in ein System, so setzen sich nun die fixen Vorstellungen des Systems in scheinbare Erklärungen aller möglichen Phänomene um. Der Weg von dem Aperçu zum begrifflichen Ausdruck ist so verschwindend kurz wie der von der metaphysischen Formel zu beliebigen Einzelheiten der Erfahrung, wie sie unserem Philosophen in dem Bezirk seiner Anschauung, seines Lebens, seiner Studien, seiner Lectüre aufstoßen. „Eine Erörterung der Bestätigungen, welche die Philosophie des Verfassers seit ihrem Auftreten durch die emrischen Wissenschaften erhalten hat," so bezeichnet er auf dem Titel den Zweck und Inhalt seiner Schrift „Ueber den Willen in der Natur." Einen schlimmeren Dienst hätte er seiner Sache nicht wohl leisten können. Wenn das die Bestätigungen waren, die er in einem Zeitraum von achtzehn Jahren für seine Lehre hatte aufbringen können, — nun, so bedeutete Bestätigung jedenfalls etwas Anderes als Beweis. Wo irgend ein Naturforscher, ein Philosoph oder wo die Sprache selbst eine Metapher braucht, welche vom Willen hergenommen ist, da gilt ihm das als eine „Bestätigung" seiner Lehre. So hier und so in allen folgenden Ergänzungs- und Erläuterungsschriften. Seine Art zu beweisen ist das genaue Gegenstück zu seiner schimpfenden Art des Widerlegens. Wahllos rafft er diese vermeintlichen Beweise nach der ganzen Zufälligkeit seiner Lectüre auf; welchen Maaßstab er auch sonst an die Geister lege: als Zeuge für seine Behauptungen ist ihm Lucian so viel werth wie der Prophet Jeremias, und ohne Unterschied brandschatzt er die Werke der Klassiker wie die vermischten Nachrichten der Zeitungen. Auch darin, wer wollte es leugnen, bekundet sich eine trotzige Kraft. Es ist das Analogon der echten systembildenden Kraft, der Kraft, welche die Fäden eines weit ausgesponnenen Ideengewebes durch die innere Macht der Idee zusammenhält. In bewunderungswürdigem Grade besitzt er das Talent, Alles eigensinnig auf Einen oder zwei Gesichtspunkte zu beziehen, die ganze Welt, gut oder übel, durch einige wenige fixe Vorstellungen zusammenzuhalten.

Doch wir irren, wenn wir sagten, daß seine Lehre in diesen späteren Jahren keinerlei Fortbildung mehr erfahren habe. Erfuhr doch seine ganze Art zu sein, sein persönlicher Charakter jene traurige Art der Veränderung, die eine nothwendige Folge der zunehmenden Isolirung und der zunehmenden Jahre war. Der Schatten in diesem schattenreichen Gemälde dunkelte nach, tiefer und tiefer fraßen sich die sittlichen Schäden in das Mark seines Lebens ein, und die Züge, die in der Jugend häßlich erschienen, erscheinen häßlicher im Alter. Es widersteht uns, das ganze Bild des Mannes und seiner persönlichen Existenz, wie Gwinner und Frauenstädt uns dasselbe vorgeführt haben, wiederholend auszumalen. Alles in Allem genommen ist es das Bild eines kolossalen Egoisten. In dem kraft- und lebensvollen Naturell, das diesem Egoismus zur Unterlage und Stütze diente, hatte sich in jüngeren Tagen auch eine entgegenstrebende Kraft geregt. Das „bessere Bewußtsein," von dem er redete, war ohne Zweifel in ihm selbst eine Wahrheit gewesen; die Sehnsucht hatte ihn ernstlich bewegt, über das Gemeine, das uns Alle und ihn mit den stärksten Fesseln bändigte, hinauszustreben; jene Theorie von der Heiligkeit, als einem Analogon der Genialität, hätte nicht aufgestellt werden können, wenn der Begriff unbedingter sittlicher Reinheit nicht zeitweise als lebendige Empfindung in ihm gegenwärtig gewesen wäre. Aber seit all' diese Regungen in der Reflexionsform starr geworden, seit sie in ein System hinübergerettet worden, verdrängte das Bewußtsein, zum mindesten doch und auf alle Fälle ein Genie zu sein, die lebendige Wahrheit jenes echten besseren Bewußtseins. Allmählich mußte der Trost genügen, daß er zwar nicht selbst ein Heiliger sei, aber doch gelehrt habe, was ein Heiliger sei, und nur in gelegentlichen Seufzern, daß die Gnade der Heiligung ihm nicht zu Theil geworden, mochte sich das „bessere Bewußtsein" noch zu Zeiten melden. Im Ganzen blieb für seine Praxis und seine persönliche Existenz nur noch der Bodensatz davon übrig. Die Praxis des Genies ist nur noch der Cultus seiner selbst. Die Menschenliebe ist das Fundament seiner Ethik, — ihm selbst ist es bequemer, die Menschen zu verachten und sein Mitleid, seine fürsorgende Zärtlichkeit den Thieren zuzuwenden. Er trägt theoretisch die abstracteste Geringschätzung des gewöhnlichen Treibens der Menschen zur Schau — in praxi ist er auf's Aengstlichste um die Mittel für seine eigene Subsistenz bedacht, zeigt er sich als den sparsamsten, ja knickrigsten Hauswirth. Es geschieht ja im Dienste der Wahrheit, daß er für die Erhaltung seines Lebens und seiner Unabhängigkeit hypochondrisch besorgt ist! Eben dieser Wahrheit zu Liebe schont er kein noch so geheiligtes Vorurtheil, keinen noch so geachteten Namen — es sei denn, daß seine grenzenlose Feigheit ihn Vorsicht und Schweigen lehre! Was kümmern ihn die Welthändel, was die Interessen anderer Menschen — seine Person, seine Philosophie und sein Pudel, das sind die allein wichtigen Dinge, um die sich seine Gedanken drehen. Im Hintergrunde zwar macht sich unvertilgbar immer wieder der Zwiespalt seiner Natur geltend, die Qual seiner Angst, seiner Feigheit, seines Argwohns, seines Neides, seiner sonstigen Leidenschaften: aber immer wieder wird auch sein Selbstgefühl zu dem Polster, auf dem er sich behaglich einrichtet. Sein Genialitätsbewußtsein nimmt die Gestalt des raffinirtesten Epikuräismus an. Auch im Selbstgenuß seines Geistes ist er ein ausgebildeter Gourmand: nur die ersten zwei oder drei Morgenstunden werden der Arbeit und dem Nachdenken gewidmet; nur gleichsam den ersten Aufguß seines Gehirns verbraucht er für seine schriftstellerische Thätigkeit.

Dieser abwärtsgehenden Entwicklung seines Charakters entspricht nun in der That eine Art von Fortbildung auch seiner Lehre. Er hatte früher die großen Grundzüge seines Wesens in Metaphysik übersetzt: er übersetzt in diesen späteren Jahren, immer mittelst desselben „Kniffes," mehr und mehr auch das völlig Particulare, das Zufällige, das Gemeine seiner Persönlichkeit in Theorie. Wir sagen absichtlich: in Theorie, nicht in

7*

Metaphysik. Diese letztere bildet nur noch den allgemeinen Rahmen, in den irgendwie Alles eingefügt wird, die wenigen Grundgedanken derselben werden wie einmal eingeschlagene Nägel benutzt, um einen mannichfaltigen Hausrath, brauchbaren und unbrauchbaren, daran aufzuhängen. Niemals sind so wenige Ideen durch eine solche Fülle von Einfällen variirt worden; fast immer aber lassen sich diese, wie jene, auf die individuellsten Empfindungen oder auf gewisse „Grundkrümmen" seines Charakters zurückführen. Die Toleranz, mit der er sich über die Lüge ausläßt, klingt verwunderlich im Munde dessen, der so pathetisch von seiner Mission für die Wahrheit spricht, aber mit unwillkürlicher Aufrichtigkeit läßt er uns sehen, daß er eine Tugend unmöglich so hoch stellen kann, die nur mit Furchtlosigkeit und Verachtung von Gefahr zusammenbesteht. In dem Capitel des zweiten Bandes seines Hauptwerks, das er „Metaphysik der Geschlechtsliebe" überschrieben hat, thun wir einen tiefen Blick in die Physiologie seines inneren Menschen. So werden seine körperlichen Erfahrungen, so werden nach und nach alle seine Sympathien und Antipathien zu Ergänzungscapiteln seiner Philosophie. Sein alter Mysticismus hat einen starken Zusatz von Leicht- und Abergläubigkeit bekommen: da widmet er denn einige jener kostbaren Morgenstunden der Aufgabe, uns eine Theorie der Geistererscheinungen zu geben. Von allen Liebesabenteuern ist dem alten Junggesellen nur eine schnöde Mißachtung des schwächeren Geschlechts übrig geblieben: er münzt sie zu einer eigenen Abhandlung über die Weiber und zu anderen Excursen in Mephisto's Manier aus. Und so geht es fort von der Theorie der Erblichkeit der Eigenschaften bis zu den mannichfach variirten Aeußerungen seines cynischen Judenhasses, von den Maximen seiner praktischen Lebensweisheit bis zu jenen schrullenhaften Behauptungen über die Schlafbedürftigkeit des Genies und über die Empfindlichkeit desselben gegen Lärm und Geräusch, bis zu den Wuthausbrüchen gegen die „Infamie," griechische und lateinische Schriftsteller mit deutschen Noten herauszugeben, oder gegen die „niederträchtige Buchstabenknickerei," die den Stil heutiger deutscher Schriftsteller entstelle. Es ist klar, daß alle diese Expectorationen ohne jegliches wissenschaftliche Interesse sind, aber das Charakteristische ist, daß Schopenhauer selbst dergleichen zu den „Perlen" seiner Philosophie rechnet, daß er mit derselben Creiferung und demselben Anspruch auf unumstößliche Wahrheit uns seine Marotten und Idiosynkrasien vorträgt wie seine Lehre vom Verhältniß des Willens zum Intellect. Vollkommen in der Ordnung; denn in gewissem Sinn ist auch diese Lehre ein bloßer Einfall und eine Marotte, und der Unterschied nur der, daß wir jetzt die Hefen, vorher die trinkbare Flüssigkeit vorgesetzt bekamen. Auch äußerlich, natürlich, trägt seine eigensinnige Absperrung und seine Müßiggängerei die Schuld, ob er auch diese Hefen ausschenkt. Er ist wohl noch in einer übleren Lage als jene Philosophieprofessoren, die außer ihren Büchern auch noch ihre Vorlesungen drucken lassen. Wir kennen kaum einen so lästigen Wiederholer, als Schopenhauer in seinen Altersschriften ist. Das macht: der einzige Mensch, den er seines Umgangs würdig erachtet, ist der Verfasser der „Welt als Wille und Vorstellung." Was Andere leichthin im Gespräche fallen lassen, die momentansten Einfälle, die flüchtigsten Stimmungsurtheile — er befestigt sie auf dem Papier und weiht sie der Unsterblichkeit.

Diese Unsterblichkeit ist sein Traum bei Tag und bei Nacht. Die Unsterblichkeit seiner Philosophie aber ist ihm identisch mit der Unsterblichkeit seines Namens. In der Ruhmsucht, an der er krankt, kömmt noch einmal das Subjectiv-Persönliche seines Werks zum Vorschein. In diesem Werke lebt und sieht am Ende er selber nur sich selber, und es ist ihm wichtiger, daß seine Person, als daß seine Philosophie gelte und durchdringe. Auch den Ruhm macht er wieder eigens zu einem Gegenstande der Reflexion. Das ist mehr als Eitelkeit, das ist eine ganz besondere verzehrende Leidenschaft, wie sie wohl in gewissen Epochen der Geschichte epidemisch aufgetreten ist. Hier vor Allem haben die Frauenstädt'schen Memorabilien den Vorhang geöffnet; sie zeigen den von der Welt Zurückgezogenen in fieberhafter Sorge und Aufregung um öffentliche Anerkennung. Alle seine Vornehmheit, alle seine Verachtung der Literatur des Tages wird verschlungen von dem Eifer, sich um jeden Preis zum berühmten Manne zu machen. Es wird zu einem seiner wichtigsten Geschäfte, allen Urtheilen, die über ihn laut werden, nachzuspüren. Darauf hin durchstöbert er alle neu erscheinenden Bücher und Zeitschriften, zu diesem Zweck organisirt er ein förmliches System der Spionage und der Propaganda. Er, dem Hegel eine „Ministercreatur" ist, er, der die Philosophieprofessoren beschuldigt, daß sie ein förmliches Complot geschmiedet, ihn todtzuschweigen und sich emporzubringen, er scheut sich nicht, mit allen, mit den kleinlichsten und gemeinsten Mitteln für sich selbst zu agitiren, er überwindet sich zu einer lästigen, fortgesetzten Correspondenz, zu herablassender Gemeinschaft mit denen, die, voll Bewunderung vor seiner Größe und voll Duldsamkeit gegen seine Grobheit, sich dazu hergeben, ihn auszuposaunen. Es erscheint uns als ein schweres Strafgericht, welches über ihn kömmt, daß er in der Hölle dieser kleinen Betriebsamkeit schwitzen muß, nachdem er sich zu gut dazu gehalten, die legitimen, die in der Sache selbst gelegenen Mittel zur Verbreitung und für den Sieg seiner Lehre anzuwenden. Der unglückliche Mann, wie er uns in den Briefen an seinen lieben Getreuen, an seinen Erzevangelisten entgegentritt, erinnert an jene spanischen Hidalgos, die mit Manschetten und Degen auf den Straßen einherstolzirten, während ihre Diener in den Klöstern für sie betteln gingen. Bei seinen Lebzeiten begann die Buße: sie wurde vollständig nach seinem Tode durch die Prostituirung seitens seiner Lobredner und Vertheidiger.

7.

Ueberlassen wir diese Apologeten sich selbst und ihrer eigenen Uneinigkeit. Es gab einige Aussicht, den Mann zu retten, so lange die Anklage in erster Linie auf den Widerspruch ging, der zwischen dem Leben und der Lehre Schopenhauer's, zwischen seinem praktischen Epikuräismus und seiner Theorie von der Heiligkeit bestehe. Dieser Widerspruch jedoch ist nicht größer als der, welcher die verschiedenen Theile und Sätze der Lehre selbst in Spannung setzt und ist kein anderer als der, welchen uns so manche Erscheinung auf religiösem Gebiet, jene, namentlich in orientalischen Culten so gewöhnliche Mischung greller Sinnlichkeit und überspannter Askese zur Anschauung bringen kann. Wir kehren die Anklage um. Das, was das Geschäft der Vertheidigung zu einem verzweifelten macht, ist gerade die Uebereinstimmung zwischen dem Philosophen und dem Menschen. Beide stehen und fallen miteinander, wie sie wechselsweise einander erläutern. Verdeutlichen möchte diesen Zusammenhang die Memorabilienliteratur, aber auch ohne diese kann es doch nur der oberflächlichsten Betrachtung entgehen, daß z. B. die Theorie von der absoluten Entsagung gerade so das punctum caecum der Philosophie Schopenhauer's ist, wie sie das punctum caecum seines Charakters ist. Die besten Memoiren hat er selbst in seinen Werken geschrieben, und selten hat ein Mensch, am seltensten ein Philosoph, mit all' seinen Schwächen und Fehlern, wir wollen sagen mit seinem Guten und seinem Schlimmen, sich so bloßgegeben wie dieser in den Geschichten, die er von dem Wesen und Zusammenhang der Welt erzählt. Diese Weltanschauung steht statt einer Lebens- und Seelengeschichte da: sie leistet nahezu dasselbe, was etwa die Selbstbiographie des Cardanus oder die Confessionen Rousseau's.

Was demnach von dieser Philosophie übrig bleibt?

Doch wohl nur dasjenige, worin sie dem Geiste, dem guten Geiste unserer Zeit und unseres Volkes wahlverwandt ist, und das, Gottlob, ist wenig, sehr wenig. Wir nannten eben den Cardanus. Zuweilen, in der That, haben wir uns des Einfalls nicht erwehren können, als ob die Seele dieses oder eines andern der abenteuerlichen Denker aus dem Zeitalter der Wiedergeburt der Wissenschaften in den Sohn der Johanna

Schopenhauer, den Zeitgenossen Göthe's und Kant's gefahren sei; so sehr erinnert sein Charakter an den jener heißblütigen Italiäner, sein System an die bunte Gedankenmischung, an die Naturbegeisterung, an den sensualistischen Mysticismus, an das selbstbewußte juxta propria principia der Vorläufer Baco's. Wenn freilich nach drei Jahrhunderten einer dieser abgeschiedenen Geister den Schauplatz der Erde wieder betreten hätte, so müßte ihm wohl die heutige Gestalt der Welt befremdlich vorkommen. Er fände sich inmitten einer reichen, vom Verstande beherrschten Bildung, er sähe sich hier durch die Schranken der Sitte, der Zucht, der Ordnung in's Enge getrieben, dort wieder durch eine allgemeine, unbestrittene Freiheit zu nicht geringer Verlegenheit in's Weite gewiesen. Er würde, dünkt uns, zunächst in vollen Zügen an dem Geiste moderner Selbsterkenntniß sich berauschen, — um schließlich verstimmt sich zurückzuziehen und unter leidenschaftlichen Beschuldigungen gegen die Welt, die zu ihm nicht paßt, sich über die eigene Unzulänglichkeit durch unbedingte Entsagung zu täuschen. In dem gleichen Falle ist Schopenhauer — ein Revenant wie die Romantik überhaupt. Vielleicht am ehesten im Anfang der siebziger Jahre des vorigen Jahrhunderts hätte eine Lehre wie die seinige Anerkennung finden, sie hätte zum philosophischen Glaubensbekenntniß der damaligen geniesüchtigen Jugend werden können; ist doch offenbar etwas von jener Stimmung in ihr, die sich in den Faustdichtungen jener Literaturperiode, in dem Naturcultus, in dem starkgeistigen und doch vor der Pflicht des Lebens nicht Stand haltenden Selbstgefühl, in dem „Sturm und Drang" der Progonen der Romantik regte. Ihr Streben, sich heutigen Tages gewaltsam in den Besitz der Herrschaft zu setzen, scheitert unausbleiblich. Man kann einen neu begründeten Thron nur befestigen mittelst zeitgemäßer Institutionen, durch organisatorisches Talent. Die Schopenhauer'sche Philosophie weiß sich nur im Allgemeinen auf das „metaphysische Bedürfniß," auf den kritischen Zustand von Religion und Speculation zu berufen: die Wissenschaft hat sie nicht zu organisiren, sondern nur zu desorganisiren verstanden. Sie hat, von einzelnen flüchtigen Anregungen abgesehen, keine Spur eines Einflusses auf das Wachsthum der Wissenschaften zurückgelassen; sie ist so unfruchtbar wie alle Zwitterspecies, sie verhält sich auch in dieser Beziehung zu der Kant'schen Philosophie wie die gefüllte Blüthe zu der einfachen. Die Hauptschwierigkeit jeder Tyrannis besteht bekanntlich darin, sie erblich zu machen. Wie ließe sich wohl die persönliche Virtuosität, welche diese Gedanken zusammengebracht, die paradoxe Genialität, auf die sie gestellt sind, wie ließe sich diese ganz individuell motivirte Weltanschauung forterben? Jedes Reich kann sich nur erhalten, wenn es sich weiter bildet. Dieses ist nach der Meinung seines Gründers unverbesserlich. Ausdrücklich betont er die Unveränderlichkeit seiner Lehre. Seine Werke sollen kanonisches Ansehen haben und keine Sylbe soll an ihnen geändert werden. Wiederholt schärft er seinem Evangelisten ein, daß er sich „rein halten," daß er „nicht fackeln und irrlichterliren" solle und weiß ihm keinen besseren Rath zu geben, als den, „durch periodisches Wiederlesen aller seiner Schriften sich stets den ganzen Complex des Systems gegenwärtig zu erhalten." Der Fürst, der seinen Kammerdiener adoptirte, um ihn zu seinem Nachfolger zu erklären, würde ebenso weise für den Fortbestand seines Reiches sorgen. Und offen liegt nun bereits zu Tage, wie die Theophraste und Metrodore die doctrinelle mitsammt der literarischen Erbschaft dieses Aristoteles zu verwalten verstanden haben. Daß jeder Versuch einer Entwickelung dieses Systems seiner Zerstörung gleichkömmt, davon mag man sich beispielsweise durch die Anwendung überzeugen, welche Herr Lindner von demselben auf die Theorie der Tonkunst gemacht hat; — einiger confuser Mysticismus, etwas von der mißvergnügten Laune und ein paar aus der Metaphysik des Meisters niedergeschlagene Bruchstücke empirischer Psychologie, das ist Alles, was von dem System übrig bleibt. Es hat allezeit religiöse Fanatiker gegeben, denen es trotz oder wegen der Abenteuerlichkeit ihrer Predigt geglückt ist, sich zu Sektenstiftern aufzuwerfen. Gewisse sittliche und Gemüthskrankheiten, an denen es in Zeiten voll hochgesteigerter und doch noch unfertiger Bildung niemals fehlen kann, werden sich durch die Sätze einer solchen Lehre angezogen fühlen, wenn es einem energischen Individuum gelungen ist, für sie einen entsprechenden, vielleicht einen geistvollen und hinreißenden Ausdruck zu finden. Nicht anders ist es mit der Schopenhauer'schen Philosophie. Sie giebt sich selbst die Bedeutung einer Religion, wie sie denn an allem Ende ihre Blößen mit der Berufung auf Christliches und vor Allem auf „unsere allerheiligste Religion," das will sagen auf den Buddhismus zudeckt. Wen nun beschliche nicht zuweilen, in schlechten Stunden, etwas von jener pessimistischen und quietistischen Stimmung, von jener Weltverbitterung und Weltmüdigkeit, welche Schopenhauer mit so glänzender Beredsamkeit entfaltet? Derjenige, in dem diese Stimmung habituell wäre, wenn er nur bei unserem Schriftsteller fände, daß sie dennoch mit einiger Poesie sich versetzen lasse, ja, durch einen gewissen Idealismus eine Wendung zum Positiven bekommen könne, ein Solcher wäre offenbar reif für die Philosophie dieses Mannes, und doppelt wird er es sein, wenn strenges wissenschaftliches Denken nicht seine Sache ist, wenn er sich vielleicht an der Dürre und Künstlichkeit anderer Systeme ermüdet hat, wenn er endlich gar von dem Genialitätstick besessen ist oder Lust hat, mit Methode den Sonderling zu spielen. Es muß auch solche Käuze geben. Für sie ist die Schopenhauer'sche Philosophie eine Delicatesse, und unter der Gemeinde dieser wunderlichen Heiligen wird sie ohne Zweifel noch eine Weile fortfahren, Mode zu sein.

Man beruft sich, um ihr höhere Ansprüche zu sichern, auf den starken Accent, den sie auf das Moment der Anschauung lege, auf das Verdienst, das sie sich durch die erneute Hervorhebung und Popularisirung der Kant'schen Gedanken erworben habe, auf die sinnreiche Weise, in der sie den Materialismus der Naturwissenschaften unschädlich mache, ja, ihn in den Dienst des Idealismus herumwende. Sie trifft, es ist wahr, in allen diesen Punkten mit sehr reellen wissenschaftlichen Bedürfnissen der Gegenwart zusammen. Allein etwas Anderes ist der pädagogische und etwas Anderes der wissenschaftliche Werth eines philosophischen Systems. Wir begreifen sehr wohl, daß die natürliche Reaction gegen den Scholasticismus insbesondere des letzten der großen nachkantschen Systeme sich gerade durch die undisciplinirte Geistreichigkeit lebhaft angesprochen fühlen konnte. Glückauf, wenn irgend wer allererst durch die Schopenhauer'sche Lehre inne ward, daß Anschauung und Begriff, Physik und Metaphysik doch noch einer anderen und durchgreifenderen Vermittelung oder Auseinandersetzung bedürfen als jener, die sie in der Hegel'schen Dialektik gefunden haben! Glücklich ebenso derjenige, der durch diesen corrumpirten Kantianismus auf ein ernstes Studium des echten Kant hingeführt wird, des echten Kant, dessen Größe sich eben auch darin bewährt, daß sie noch durch die dicksten Nebel der Romantik hindurchleuchtet! Daß Schopenhauer die damit angedeuteten Bedürfnisse zwar wohl aufregen mochte, aber nimmer sie zu befriedigen im Stande ist, dafür nehmen wir den letzten durchschlagenden Grund aus seinem eigenen Munde. Er selbst giebt uns den Maaßstab für den Werth seiner Lehre in die Hand. Mit Recht sucht er, treu der alten Kant'schen und Fichte'schen Tradition, die Wurzeln aller Metaphysik im Ethischen. Daß der Sinn und Zweck des Lebens kein intellectueller, sondern ein moralischer, daß die letzte Spitze, in welche die Bedeutung des Daseins überhaupt ausläuft, das Ethische sei, diese Sätze unterschreiben wir durchaus — und diese Sätze sind zugleich das Todesurtheil einer Lehre, welche die Wurzeln der Ethik in's Nichts verlegt, welche das Ziel aller Weisheit in der Ertödtung des Willens, in der Flucht aus dem handelnden Leben und der Wirklichkeit sucht. Eine solche Doctrin vernichtet alle echte Sittlichkeit, indem sie den Kampf gegen den eigenen Leib zur einzigen Aufgabe des sittlichen Strebens macht. Sie stempelt die Tugend zu einer Sache der Gnade und führt also auch auf diesem Gebiete ein Privilegium, ähnlich dem der Genialität ein. Sie hebt die Bedeutung der Geschichte und des geschichtlichen Fortschritts auf;

an eben dem Punkte, wo sie durch die Liebe den Einzelnen mit der Gesammtheit verknüpfen will, schneidet sie dieses Band durch die Askese wieder durch; sie bricht aller Begeisterung, aller Lust und Liebe das Herz aus, — sie löst nicht, sondern sie zerhaut den Knoten des Daseins. Diese Doctrin daher können wir nicht brauchen; wir protestiren gegen sie im Namen der Humanität, im Namen all' der Bildung, die eine tausendjährige Entwickelung zum Erbtheil unseres Geschlechtes gemacht hat. Mag sie ihre Anhänger da suchen, wo nach ihrer Einbildung der Ursitz aller Weisheit war, fern im Osten, unter jenem früh gebrochenen Volk, wo unter der sengenden Gluth eines wolkenlosen Himmels, unter dem Druck eines ertödtenden Despotismus die Kräfte der strebenden Freiheit in Schlummer sanken, in einen Schlummer, den nur die wüsten Träume der Phantasie und die Krämpfe des immer noch zuckenden Lebens unterbrachen. Zu deutlich verräth sie sich als eine Nachgeburt aus derjenigen Periode unseres nationalen Daseins, wo auch wir, von den Pflichten und Sorgen, von dem Ehr- und Rechtsgefühl öffentlicher Thätigkeit ausgeschlossen, einzig auf die Pflege des intellectuellen und ästhetischen Lebens angewiesen waren, aus der Periode, wo auch Göthe nach der Lehre des Spinoza seinen Geist gewöhnen wollte, Alles sub specie aeternitatis zu betrachten. Wir verdanken dieser Zeit einiges von dem Köstlichsten, was wir geistig überhaupt besitzen: der Schopenhauer'schen Philosophie war es vorbehalten, den Grundschaden dieser Periode in eine abstracte, und darum grelle und übertreibende Formel zu bringen. Ihre Ethik ist die Quintessenz des Vergänglichsten unserer damaligen Existenzweise, die Fixirung des Geistes, dem wir seit dem Wiedererwachen unseres nationalen Bewußtseins ein für allemal abgeschworen haben, den wir in den Kämpfen der Gegenwart von Tage zu Tage gründlicher abthun lernen. Wir streben in Folge dessen nach Versöhnung überstiegener idealistischer Forderungen und harter praktischer Nothwendigkeiten, wir fangen an, uns des Gefühls der Gesundheit zu erfreuen, das aus dem Gleichgewicht zwischen den sich in die Ewigkeit erstreckenden Ansprüchen individueller Vervollkommnung und der Hingebung an die Pflichten und Ordnungen des sittlichen Gemeinlebens entspringt. Das abschreckende Bild der Krankheit mag uns aus einer Ethik entgegentreten, welche uns nur die Wahl läßt zwischem dem Uebergange in's Nichts und der Qual der „Bejahung des Willens zum Leben," welche das Leben einer Kreisbahn aus glühenden Kohlen vergleicht, mit einigen kühlen Stellen, die wir unablässig zu durchlaufen oder aus der wir mit Eins herauszutreten hätten. Die Unverträglichkeit von Ideal und Wirklichkeit, die Zerrissenheit des sittlichen Bewußtseins ist nie in genialerer Weise, nie in grotesterer Verzerrung gezeichnet worden. Einen weiteren

Wink aber über den Ursprung dieser Krankheit mag uns das politische Glaubensbekenntniß unseres Philosophen geben. Hier vor Allem blickt jener traurige Gegensatz, in dem unsere ganze Nation ehedem befangen war, deutlich hindurch: ein Schwelgen in abgezogenen Ideen, eine ideenlose Wirklichkeit, eine begeisterungslose Praxis. Dem entsprechend ist das ethische Ideal Schopenhauer's jener Zustand übermenschlicher und inhaltsloser Heiligkeit, sein staatliches Ideal die vollkommenste und klügste Gewaltherrschaft, die durch Zwang das von Natur herrschende Unrecht verhindert und der Schlechtigkeit, dem Eigennutz und der Bosheit der Menschen einen Zaum anlegt. In diese Staatslehre wie überhaupt in seine Lebenslehre lagert sich all' jene überschüssige realistische Kraft und jener nüchterne Verstand ab, die auch unserem Volke, wenn auch ohne ersprießliche Verwerthung, neben allem Spiritualismus, allem speculativen und poetischen Treiben niemals ganz abhanden gekommen ist. In einem ähnlichen Gegensatz bewegt sich die Ethik des Spinoza zu seiner Politik; er formulirt in jener die Weltanschauung des unglücklichen, selbstlos in der Substanz des Weltgeistes untergegangenen Volkes, dem er durch Geburt angehörte: er findet sich in dieser wider Willen mit dem praktischen und thatenfrohen Sinn des jugendlichen Gemeinwesens ab, an dessen jüngst eroberter Freiheit und bürgerlicher Ordnung auch ihm theilzunehmen vergönnt war. Wir werden gemahnt, daß dasselbe Jahrhundert, in welcher die Cardanus und Bruno ihre Speculationen über die Natur und das All ersannen, auch die Zeit war, in welcher Machiavelli sein famoses Buch vom Fürsten schrieb.

Kein Zweifel: für die neue Form des Lebens, die wir uns zu gründen begonnen haben, wird früher oder später, wenn die Umbildung der sie begleitenden und bedingenden sittlichen Anschauungsweise erst weiter gediehen sein wird, auch die deutsche Philosophie wieder einen neuen wissenschaftlichen Ausdruck finden. Es handelt sich, gegenüber dem einseitigen Moralismus der früheren und dem nach dem Aesthetischen gravitirenden Princip der späteren deutschen Systeme, um eine ausgleichende mittlere Formel, um eine Fassung des Wirklichen, die den ideellen Gehalt desselben hier als ein Seiendes, dort als ein Sollen zu begreifen im Stande ist. Die Fortschritte der einzelnen Wissenschaften zwingen unaufhörlich zu neuen, die individuellen Stoffe bewältigenden, ihrer Natur nachgehenden Methoden, und so geht am Ende aus dem, was uns die Dinge lehren und dem, was dabei durch geistige Anticipation geleistet wird, ein neuer Gesammtaufschluß über den Sinn alles Seins und Lebens hervor. Da ist denn nun nichts bedeutsamer als die parallele Entwickelung, deren sich in den Tagen, in denen wir leben, mit der Naturwissenschaft die Geschichtswissenschaft erfreut. Hier liegt die Bürgschaft, daß es gelingen werthe, dem Materialismus, auf den die Naturwissenschaften hinzuführen scheinen, das Geständniß seiner Unwahrheit und Unzulänglichkeit abzudringen. Die Geschichte ist die zurückgebliebene, aber eben jetzt jugendlich vorwärtsstrebende Wissenschaft, und darum wird Niemand die wissenschaftlichen wie die sittlichen Probleme der Gegenwart zu einer philosophischen Formel verknüpfen können, der nicht dem Werth und Sinn der Geschichte gerecht wird. Wenn durch alles Bisherige der Beweis noch nicht ausreichend geführt wäre, daß die Schopenhauer'sche Lehre ein Gast ist, den wir nicht beherbergen können, ein fremder Blutstropfen in dem Körper dieser Zeit, — die totale Verkennung des Historischen, die Mißachtung, welche die historische Wissenschaft bei ihm erfährt, würde diesen Beweis vollenden. Diese Wissenschaft gilt ihm als das gerade Widerspiel der Philosophie, da sie es lediglich mit dem Einzelnen zu thun habe. Gegen die Geschichte selbst drückt er überall die entschiedenste Abneigung aus, und diese Abneigung ist das eigentlich Constante in den mannichfachen Mißurtheilen, die er, nicht ohne Widersprüche im Einzelnen und mit der ihm eigenen Heftigkeit, über sie fällt. Immer, natürlich, ist der Kern der, daß die Geschichte der eigenthümliche Schauplatz der Bejahung des Willens zum Leben, daß sie ihrem innersten Wesen nach „lügenhaft" ist, ein trügerischer Schein in der Nichtigkeit der Zeit. Er erblickt von der Höhe seiner melancholischen Ethik in den Thaten und Leiden unseres Geschlechts lediglich einen „langen, schweren und verworrenen Traum." Im Sinn seines Pessimismus wendet er das Wort, daß die Weltgeschichte das Weltgericht sei. Jetzt vergleicht er sie mit den wechselnden und doch immer dasselbe darbietenden Configurationen des Kaleidoskops, jetzt mit den Dramen des Gozzi, in denen zwar die Motive und Begebenheiten immer andere, die Personen, die Absichten, die Schicksale, der Geist der Begebenheiten immer derselbe sei. Er würdigt nur herab, wofür er selbst ohne jedes Organ ist. Sein völliger Mangel an historischem Sinn verräth sich zur Genüge, wenn er z. B. Kant, Plato und die Vedenlehre als sich deckende Größen behandelt, wenn er das Weltentsagende in der christlichen Ethik, statt es aus der historischen Stellung seines Stifters und seiner ersten Bekenner zu begreifen, aus indischen Quellen ableitet, und im Ernste hoffen kann, daß die Zeit herangerückt sei, wo unsere ganze occidentalische Cultur von der höheren Weisheit des Orients könne verschlungen werden, wo, nach langer Verirrung, „die aus Asien stammenden Völker Japhetischen Sprachstammes auch die heiligen Religionen der Heimath wieder erhalten werden!"

Und so: welchen Maaßstab wir immer anlegen mögen, den logischen, den ethischen, den des wissenschaftlichen oder den des praktischen Bedürfnisfes, — die Ergebniſſe aller dieſer Meſſungen ſtimmen in derſelben Summe zuſammen. Wir können die Sätze dieſer Philoſophie nicht unter ſich zuſammenreimen; unſer ſittliches Gefühl ſträubt ſich mit allen Faſern gegen ſie; für den Fortſchritt der Wiſſenſchaften erwarten wir kein Heil, für unſer nationales Leben könnten wir nur Hemmung und Gefährdung von ihr erwarten. Mit dem Philoſophen Schopenhauer geben wir den Menſchen, mit dem Menſchen den Philoſophen preis. —

Es giebt nichts deſto weniger eine Rehabilitation für ihn; es giebt einen Grund, der das Aufſehn rechtfertigt, das er in ſo hohem Grade erregt hat.

Wir denken dieſem Manne weder nachzuleben noch nachzuphiloſophiren, aber wir denken nach wie vor ſeine Schriften mit aufrichtiger Bewunderung und mit wahrem, wenn auch nicht ungemiſchtem Vergnügen zu leſen. Denn was er immer ſonſt ſei — er iſt ein eminenter Schriftſteller.

Iſt Byron darum weniger ein großer Dichter, weil ſeine Lebens- und Weltanſchauung uns ungefähr ebenſo abnorm und verwerflich erſcheint, wie die unſeres philoſophiſchen Autors? Es iſt vielleicht nicht ganz ſo leicht, aber es ſteht uns ohne Zweifel frei, auch bei dem Letzteren davon abzuſehen, daß er uns die wahre, die einzig berechtigte Philoſophie mittheilen will. Jedenfalls iſt es ſeine Philoſophie, und dieſe trägt er wie ein geiſtreicher und geſcheuter Mann, er trägt ſie überdies wie ein Überzeugter vor. Da iſt kein Satz, bei dem wir nicht den Eindruck hätten, daß eine kräftige, eigenartige Perſönlichkeit, gleichviel ob gut oder böſe, anziehend oder abſtoßend, ſich darſtelle. Es giebt einzelne, auch ſtiliſtiſch wahrhaft glänzende, einige in hohem Maaße ſchwungvolle Stellen in ſeinen Werken, Stellen wie jener unvergleichliche Schluß der kleinen Schrift über das Sehen, in der ſich das gehobenſte Selbſtbewußtſein, gedämpft durch die edelſte Faſſung ausſpricht. Wäre dieſe Faſſung dem ungeſtümen Manne nicht allzu ſchwer geweſen, wäre ſie ihm nicht mehr und mehr abhanden gekommen, ſo würden wir ſolcher Stellen mehr zu bewundern, wir würden einen wirklich klaſſiſchen Schriftſteller vor uns haben. Nicht dieſe Stellen jedoch geben ſeiner Darſtellungsweiſe ihren charakteriſtiſchen Reiz, und mit der Muſtergültigkeit ſeines Stils verhält es ſich nicht anders als mit der Allgemeingültigkeit ſeiner Lehre. Der Ausdruck der Größe, der Würde und Feierlichkeit iſt ihm nicht natürlich; gerade hier und nur hier iſt er nicht ohne Affectation. Noch entſchiedener fehlen ihm die Töne für das Zarte und Anmuthige. Es mißlingen ihm alle diejenigen Formen, welche kühle Selbſtbeherrſchung und Freiheit des Geiſtes vorausſetzen. Er ſcheitert kläglich, er verfällt in's Plumpe, ſo oft er ironisch sein will. Er ist immer er selbst, und darum ist sein Ungeschick geradezu lächerlich, wenn er es hin und wieder versucht, seine Gedanken in die dialektische Form des Gesprächs zu kleiden. Er hat den Eigensinn des Sprechens wie er den des Denkens hat. Niemand kann ein strengerer und anspruchsvollerer Kritiker fremden Stils sein, und doch, um sich selbst jenen stilistischen Gesetzen zu fügen, die, aus der Natur der Sprache, dem Beispiel großer Meister und dem Gemeingefühl der Nation erwachsen, den schriftstellerischen Ausdruck mit der Macht der Sitte und Bildung beherrschen, dazu ist er eine viel zu zuchtlose Natur. Er hat einen trefflichen Geschmack, einen großen natürlichen Instinct für die Handhabung der Rede, aber die polemische Leidenschaft zumal reißt ihn nur zu oft über die Grenzen des Anständigen und Schönen: wo seine Antipathien in's Spiel kommen, da greift er in der Rede selbst zu den verletzendsten Gesten, ja zu Thätlichkeiten. Auch in Sachen des Stils eben ist er allezeit bereit, Gesetze zu dictiren, aber unwillig, zu gehorchen. In eigenen Abhandlungen bekämpft er das Unregelmäßige, das Auffallende, das Willkürliche moderner Schriftstellerei: nur er selbst, wohlgemerkt, will das Vorrecht des Absonderlichen und die Freiheit der Unregelmäßigkeit haben, und er übt Beides in der Ungezwungenheit so mancher halsbrechenden Periode, in der unmäßigen Wiederholung gewisser Lieblingswendungen und Lieblingsausdrücke, in dem unnöthigen Gebrauch der übelklingendsten, aus dem Stegreif geborgten Fremdwörter. Aber trotzdem oder vielmehr gerade deswegen: in Allem, was jenseits der stilistischen Etikette liegt, ist er ein unübertrefflicher Meister. Erst hier gilt in vollem Maaße, daß der Stil der Mensch ist. Wir mögen wollen, oder nicht: an dieser Individualität als solcher müssen wir Interesse nehmen. Was kümmert uns die allgemeine, die philosophische Wahrheit dieser Philosophie: so wie die Dinge da ausgesprochen werden, haben sie eine unbestreitbare subjective Wahrheit; so eben spiegelt sich die Welt in diesem Kopfe, dieser Kopf ist eine Welt für sich, und unter allen Köpfen, die uns vorgekommen, ist keiner, der diesem gleiche. Mit wie ergreifender Kraft weiß er uns das Entsetzliche des egoistischen, leidenschaftlichen Willens, wie er in dem Einzelnen immer unbefriedigt heischt und tobt, in der Geschichte zerstörend waltet; mit wie überredender Anschaulichkeit den in den elementaren Kräften der Natur treibenden, im Organischen bildend herrschenden, in der Gierigkeit und dem Grimm der Thiere hervorbrechenden Willen zu schildern! Wie zwingt er uns in alle Windungen seiner quälenden Grübelei über den Sinn von Tod und Leben, über das Räthsel der Sterblichkeit hinein! Wie einzig weiß er uns in die Stimmung jener reinen, schmerz- und willensfreien Betrachtung zu versetzen, die in den Dingen nur die Ideen erblickt! Wie wunderbar bestrickt uns seine Rede, daß wir uns einbilden, ihm nachzufühlen, auf Momente wenigstens nachzufühlen, daß Trost, Frieden und Seligkeit nur in dem Dunkel jener Nacht sei, in der alle Farben des Lebens erloschen und die Unruhe des Wollens beschwichtigt sei! Mit gleicher Beredsamkeit schmeichelt er uns jetzt in die überstiegenste Mystik und jetzt wieder in den welt- und menschenkundigsten Skepticismus hinein; uns schwindelt dort, und hier fühlen wir, daß wir Gift schlürfen, aber wir begreifen die Anziehungskraft, welche die bodenlose Tiefe und die gliederlösende Kraft des verderblichsten Tranks hat. Und wie reiche, funkelnde Lichter des Geistes weiß er überall aufzusetzen! Wann fehlt es ihm je an einem treffenden Bilde, an einer überzeugenden Analogie? Mit der genuinen Kraft besitzt er den schlagfertigen Witz der Anschauung. Das ist, wir wissen es, dieselbe Verbindung geistiger Elemente, die ihm die ganze Welt verkehrt und verzaubert hat; daraus gerade ist ihm sein ganzes System entsprungen, es ist nichts als das eigensinnig festgehaltene Aperçu einer großen Analogie zwischen dem Wesen des Menschen und der Welt, aber die Uebereilung des Systematikers wird zur Tugend des Schriftstellers, dem für das Einzelne der Darstellung die Aehnlichkeiten flüssig bleiben, die für das Ganze der Weltbetrachtung starr wurden. Wir wissen ihn, was Reichthum der Anschauung und Fertigkeit im Auffinden fruchtbarer Vergleichungen anlangt, einzig mit dem Verfasser des Novum Organon zu vergleichen. Wie er sich aber diesem in der poetisch-sinnigen Gleichnißrede, so stellt er sich in der Nüchternheit skeptischer Lebensreflexionen den Montaigne und Rochefoucauld zur Seite. Er weiß es selbst, was er an diesen Vorgängern hat, und es soll ihm nicht zum Vorwurf gereichen, wenn er seinen Lieblingsschriftstellern zuweilen nur nachsprach, was er auch ohne sie hätte finden und denken können.

Ein Schriftsteller erster Klasse ist Schopenhauer, und, so müssen wir hinzufügen, ein vortrefflicher philosophischer Schriftsteller. Alle die Gaben, die wir bereits hervorgehoben, mußten sich am meisten bewähren bei dem Vortrag solcher Materien, die, nach deutschem Maaßstab zumal, für unzertrennlich von Dunkelheit oder doch von Trockenheit gelten. Die abstractesten Gedanken anschaulich, die schwierigsten Probleme klar und faßlich zu machen, diese Aufgabe löste er mit natürlicher Leichtigkeit und ohne daß man jemals die Anstrengung gewahr würde. Er hat in dieser Hinsicht schlechterdings nicht seines Gleichen. Gleich der Erste, der über die Philosophie Schopenhauer's strengen Tadel aussprach, war zugleich freigebig im Lobe seines Darstellungstalentes: mit Recht nannte ihn Herbart von allen Kantianern den „klarsten, gewandtesten und geselligsten" und hob die Lebendigkeit des Vortrags, die glückliche Benutzung einer reichen Be-

der Naturgeschichte" bezeichnen. So gehört er, wenn es doch eine Kategorie sein soll, in die Geschichte der deutschen Literatur und steht hier als eine einzige Erscheinung, als eine Rarität da. Man wird ihn von dort am Ende doch wieder für die Philosophie reclamiren, aber die Wahrheit ist: nicht was er gelehrt hat, sondern daß es einmal eine Zeit gegeben hat, in der, nach der Zersetzung großer wissenschaftlicher Systeme, ein lebhaft geträumter und geistreich ausgeführter Traum für Philosophie gegolten hat, das ist die Thatsache, welche in Zukunft die Geschichte der Philosophie zu erzählen haben wird.